U0637128

 维可兔的寓言故事

智慧寓言

葛琳◎编写

北方妇女儿童出版社

·长春·

※版权所有　侵权必究

图书在版编目（CIP）数据

智慧寓言 / 葛琳编写. -- 长春：北方妇女儿童出
版社，2018.5
　　（维可兔的寓言故事）
　　ISBN 978-7-5585-2186-7

　　Ⅰ.①智… Ⅱ.①葛… Ⅲ.①儿童文学—寓言—作品
集—世界 Ⅳ.①I18

中国版本图书馆 CIP 数据核字（2018）第 048364 号

智慧寓言
ZHIHUI YUYAN

出 版 人	刘　刚	
出版统筹	师晓晖	
策　划	魏广振	
责任编辑	李　严　王　丹	
封面设计	孙鸣远	

开　本	720mm×1000mm　1/16	
字　数	80 千字	
印　张	10	

版　次	2018 年 5 月第 1 版	
印　次	2018 年 5 月第 1 次印刷	
出　版	北方妇女儿童出版社	
发　行	北方妇女儿童出版社	
地　址	长春市人民大街 4646 号	邮　编 130021
电　话	总编办 0431-85644803	发行科 0431-85640624
印　刷	保定市铭泰达印刷有限公司	

定　价　28.80 元

在人类文化历史的长河中，寓言故事源远流长。尽管它篇幅短小，语言简练，却饱含生活经验与人类感悟，焕发着智慧的光芒与道德的色彩。它就像人类智慧的常青之树，虽历经沧桑，却仍闪烁着鲜活的生命力。

走进寓言故事这个文化宝库，就可以看到里面珍品无数，琳琅满目，都是我们享用不尽的精神财富。这些寓言故事经常运用拟人化的手法，赋予各种各样的动物、植物以人的思想，包含讽刺或劝诫的寓意，充满智慧地表现思想但又不失纯朴真挚。在这套书里，我们精心挑选了六种类型的寓言故事，分别是美德寓言、情商寓言、智慧寓言、科学寓言、励志寓言和理财寓言。为了突出寓言主旨，我们为每个寓言配以形象生动的彩色插画，使其更具可读性、故事性、生动性。

那么，就让这些意味深长、耐人寻味、发人深省的故事，带大家进入一个充满幽默、讽刺和哲理的智慧殿堂吧！让它们像生活海洋中的盏盏航灯，一起导引我们驶向成功，走向辉煌吧。

目录
MULU

国王的难题

有一个古代的国王经常骑马出去打猎,而很少徒步行走。

有一回,国王在打猎时偶尔走了一段路,不小心让一根刺扎了脚。国王疼得"哇哇"直叫,把身边的侍从大骂了一顿。第二天,国王向一个大臣下令:一星期之内,必须把领地内所有的大街小巷统统铺上牛皮,如果不能如期完工,就要把大臣绞死。

一听国王的命令,那个大臣十分惊讶。可是国王的命令怎么能不执行呢?他只得全力照办。

大臣向自己的下属官吏下达命令,官吏们又向下面的工匠下达命令。很快,往地上铺牛皮的工作就开始了,声势十分浩大。

铺着铺着就出现了问题,所有的牛皮很快就用完了。于是,不得不每天宰杀牲口,一连杀了成千上万的牲口,可是铺好的路还不到千分之一。

离限期只有两天了,急得大臣消瘦了许多。大臣有一个女儿,非常聪明,她对父亲说自己有办法解决。

大臣苦笑了几声，没有说话，可是姑娘坚持要帮父亲解决难题。她向父亲讨了两块皮，按照脚的模样做了两只皮口袋。

第二天，姑娘让父亲带她去见国王。来到王宫，姑娘先向国王请安，然后说：

"大王，您下达的任务，我们都完成了。您把这两只牛皮口袋穿在脚上，走到哪儿去都行，别说小刺，就是钉子也扎不到您的脚上！"

国王把两只牛皮口袋穿在脚上，然后在地上走了走。他为姑娘的聪明而感到惊奇，穿上这两只牛皮口袋走路舒服极了。

国王下令把铺在街上的牛皮全部揭起来。很快，揭起来的牛皮堆成了一大堆。人们又用它们做了无数双鞋子。大臣的女儿不但因此得到了国王的奖赏，而且也受到全国老百姓的尊敬。

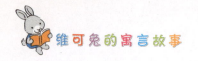

班门弄斧的石匠

　　鲁班是春秋时期有名的工匠，楚王用重金厚礼把他聘请到郢都，安排他住在国宾馆里。每天用华丽的大马车把他接进宫里去，请他制作会飞的木鸢、会跑的铁马、会游的陶鱼、会叫的瓦蛙……令尹、司马、左徒等达官显贵，都纷纷宴请他。

　　有一位石匠对鲁班慕名已久，听说鲁班到了郢都，非常高兴，跑到国宾馆去见鲁班。可连去几次，都被国宾馆门前的卫士挡了驾。石匠就拿来木料、工具，在国宾馆门前起早摸黑地干起活儿来。

　　鲁班从国宾馆出出进进，总看到有一个人在门前挥舞斧子干活儿，开始还不在意，时间长了，见到的次数多了，也就留心了。

　　一天回馆时，鲁班在门前下车后，走到石匠跟前，问石匠

在做什么。

石匠回答说:

"我想做一架水车,把水从河里提上来灌溉农田,想请您指点。"

鲁班仔细察看石匠制作的水车,连连点头,并邀请石匠进国宾馆畅谈。鲁班肯定了石匠的设计,指出了他制作的水车还有不足;接着又谈到了风车、云梯……一直谈到东方天发白了都没察觉。

石匠提出要拜鲁班为师,鲁班当即表示同意。鲁班为自己的技艺后继有人感到无比欣慰,认为这是他此次楚国之行的最大收获。他对石匠精心指点,传授要诀,不久,这个石匠就成了远近闻名的水车技师。

要抓住机遇,巧妙地展示自己的才华。

逃出鸟笼的鸟

有许多鸟被抓了，装在一个大鸟笼中。主人每天都来察看它们的变化，经常喂它们各种各样好吃的食物。如果主人发现谁的羽毛变长了，就剪掉；如果发现谁长肥了，就抓出来杀了吃掉。其中有这么一只鸟暗暗想：

如果我吃多了，就会变肥，变肥了，就会被杀掉；如果饿着不吃的话，即使暂时不被杀掉，但也会饿死。应当估算着吃食物，不要让自己长肥，要减少脂肪，等到羽毛长好，寻找机会逃出鸟笼。

于是，它就按照这样的想法去做了。等到羽毛长好时，这只机智的小鸟果然逃出了鸟笼。

智慧要一点一点地积累，事情才能办成功。

商人埋钱

有一个商人来到市镇，准备做一笔大生意。但是，他带着许多现金，放在身边很不安全。于是，他悄悄来到一个无人的地方，挖了一个洞，把钱都埋藏在地下。可是，第二天回到原地一看，钱却不见了。他百思不得其解。

他无意中一抬头，发现远处有一间房子，房子的墙上有个洞，正对着他埋钱的地方。他突然想到，也许住在这间房子里的人，从墙洞中看到自己埋钱的情形，然后才挖走钱的。

他来到房前，见了住在里面的男人，客气地问他：

"你住在都市，头脑一定很好。现在我想请教你一件事情，我是特地来本镇办货的，带了两个钱包，一个放了500个银币，另一个放了800个银币。我已把小钱包悄悄埋在没人知道的地方，但这个大钱包是埋起来比较安全呢，还是交给能够信任的人保管比较安全呢？"

13

房子的主人回答说：

"要是我处在你的位置的话，什么人我都不信任，也许我会把大钱包埋在埋小钱包的地方。"

这个贪心不足的人看到商人一离开，便把挖来的钱包放回原来的地方。商人立刻挖出钱包，完整无缺地找回了自己的钱币。

泥丸里的绿豆

从前，一个穷人到财主家当长工，财主欺负他没文化，想方设法地克扣他那少得可怜的工钱。

头一天上工，财主皮笑肉不笑地对他说：

"我给你预备一个大竹筒，以后，你每出一个工就往竹筒里揉一个小泥丸。到年底算账时，我一数有多少泥丸，就知道你出了多少工。这样好算账，谁也不吃亏。"

长工答应了。

日月如梭，眼看该结账了。大年二十九，财主趁长工上山砍柴，偷偷溜进他的屋里，把满满的一瓢水倒进盛泥丸的竹筒里，又抄起棍子猛搅，眼看三百多个泥丸变成了一团烂泥，才放心地离去。

到了晚上,长工带上竹筒和财主算账。

财主笑眯眯地说:

"倒出来数一数,我好给你工钱呀!"

长工一倒,里边滚出的只是一个半干半湿的泥团,他愣了。

财主故作惊讶,拉下脸皮说:

"这不用算,既然只有一个,就拿一块钱吧,不出工的东西!"

谁知,长工指着桌上的大泥团哈哈大笑说:

"东家,你可以把泥丸搅了,但账赖不掉!"

说着,用大手拨拉碎泥团:

"看清楚,我原本是一个泥丸里包着一粒绿豆,泥丸数不得了,但绿豆还在!"

财主傻眼了,只得乖乖去数那硬邦邦的绿豆。

钓 具

有一个人和几个朋友去海滨旅行，行程中有钓鱼这项安排。于是，几个朋友一起去购买钓具。商场里，这个人坚持要买一根重型的钓鱼竿和线轴。朋友们开玩笑地说道：

"你是打算钓一条鲸鱼吧？"

他笑一笑，并不理会这些打击他信心的玩笑。

他们来到了海滨，一个朋友的鱼线被挣断了，那人抱怨自己没有准备重一些的钓具。

很快，这个人的线拉紧了。啊，是一条大鱼！半个小时后，他把战利品拖上了船，一条30磅重的大家伙！

人们都肃然起敬，因为他向人们演示了一个道理：如果你想钓一条大鱼，那你要先准备好钓大鱼的工具。

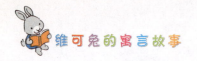

驴 脸

　　三国时，有个叫诸葛恪的孩子，人很聪明。他父亲叫诸葛瑾，字子瑜，在吴国当官。

　　诸葛瑾的脸很长，人人笑他"驴脸"。一天，孙权大宴宾客，乘兴拿诸葛瑾寻开心，命侍臣牵来一头驴，在驴脸上写上"此诸葛瑾"四个字。宾客们见了，捧着肚子大笑。

　　诸葛恪见父亲受辱，很不服气，立即请求让他续两个字。

　　孙权见诸葛恪是个孩子，也没放在心上，便一口答应了。于是诸葛恪就在"此诸葛瑾"四字下面，续上"之驴"二字。

　　在座的人没有一个不称赞诸葛恪聪慧过人的。孙权也连声喝彩，并笑道：

　　"这驴是你父亲的，你就牵它回家去吧！"

　　散席之后，有个侍臣向孙权禀奏说：

　　"一国之主败在一个毛孩

子的手上，实为我堂堂
东吴一国之耻。微臣有
良策一道，以洗刷奇耻大
辱，乞望主公采纳!"

　　孙权并不觉得有什么
耻辱，只是兴犹未尽，就叫他
奏来。

　　"主公立即传旨，叫诸葛父子把驴子牵回来，在'此诸葛
瑾之驴'下面续个'脸'字。这样，主公便能转败为胜啦!"

　　"说不定寡人败得更惨哩。"孙权笑着说。

　　"主公本意取笑诸葛瑾脸长似驴。那小子要添两个字
才能解嘲，而主公只续一个字，又挽回了局面，不是显得主
公棋高一着吗?"侍臣解释说。

　　"你的字再少，也是学人家的。创造是天才，模仿是庸
才，生搬硬套是蠢才。诸葛恪的聪明是值得称道的。作为
一国之主甘当庸才，去跟一个小孩子计较，岂不成了天字第
一号的大蠢才吗?卿家的馊主意，寡人不敢接纳哩!"

　　孙权说罢，哈哈大笑。侍臣羞得面红耳赤，无地自容。

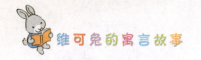

父子牵驴

有一对父子住在山上,父亲是个瘸子,儿子是个瞎子,他们有一头老驴。每天,父子俩牵着驴子下山,都是儿子在前面牵驴,父亲在驴背上指挥方向。

山路有一处很不好走,每当走到拐弯处时,父亲都会叫道:"儿子,拐弯,小心了!"

于是,儿子就小心翼翼地把驴子安全地牵过那处险弯。

可是有一次,父亲生病了,不能下山。儿子对父亲说:

"你放心吧,在这条路上走了这么久,我看不见路,单凭记忆也能走过去。"父亲只好让儿子独自牵着驴下山。

儿子就牵着驴沿着路往山下走,一切都很顺利。这条路他走了十几年,其实没有父亲指路也不会有危险。但是,到了那处险

弯，那头老驴停下了，任凭他怎么拉怎么拽也不肯挪动一步。他对着驴子又是吆喝又是哄劝，老驴就是不买他的账，把他急得满头是汗，就是想不出办法。

突然，他灵机一动。学着父亲的语气叫道：

"儿子，拐弯，小心了！"

那驴就轻轻快快地往前走了。

善于发现和总结规律，对你大有帮助。

劣势与优势

有一个 10 岁的小男孩儿，在一次车祸中失去了右臂，但是他很想学柔道。最终，小男孩儿拜一位日本柔道大师做了师傅，开始学习柔道。他学得不错，可是练了三个月，师傅只教了他一招儿，小男孩有点不明白大师为什么要这样做。他终于忍不住问师傅：

"我是不是应该再学学其他的招术?"

师傅回答：

"不错，你的确只会一招儿，但你只会这一招就够了。"

小男孩儿仍旧不是很明白，但他很相信师傅，于是就继续照着师傅的教导练了下去。

几个月后，师傅第一次带小男孩去参加比赛。小男孩儿没有想到自己居然能轻轻松松地赢了前两轮。第三轮稍稍有点艰难，但对手还是很快就变得急躁，并连连

进攻,小男孩儿敏捷地施展出自己的那一招儿,又赢了。就这样,小男孩儿进入了决赛。

决赛的对手比小男孩儿要高大、强壮许多,也似乎更有经验。小男孩儿一度显得有点招架不住,裁判担心小男孩儿会受伤,就叫了暂停,还打算就此终止比赛,然而师傅不答应。

比赛重新开始后,对手放松了戒备,小男孩儿立刻使出他的那一招儿,制服了对手,由此赢了比赛,得了冠军。

回家的路上,小男孩儿和师傅一起回顾每场比赛的所有细节,小男孩儿鼓起勇气道出了心里的疑问:

"师傅,我怎么凭一招就能赢得冠军呢?"

师傅答道:

"有两个原因:第一,你基本掌握了柔道中最难的一招;第二,对付这一招儿唯一的办法就是抓住你的右臂,可是你没有了右臂。"

旅行者

两位旅行者在森林里跋涉。突然，一只熊向他们猛扑过来，其中一位马上换上跑鞋，撒腿就跑。

另一位跟在后面说：

"你跑得再快也没有熊快。"

换鞋的人说：

"我不需要跑得比熊快，我只要跑得比你快一点儿就行！"

将心比心

有一个波斯商人外出经商时，把自己的100公斤铁寄存在邻居的家里，请邻居代为看管。波斯商人生意做完了，回到家里，向邻居索取自己的铁。

邻居却说：

"很抱歉，你的铁没有了，一只老鼠把100公斤的铁吃光了。我仓库里有洞，仆人也曾追赶过老鼠，可是仍然没有看住。"

商人听到这个消息，知道是邻居在撒谎，不过他装作很相信的样子走了。

几天后，商人用了一个方法把邻居的儿子骗到一个地方藏了起来，然后，商人邀请邻居吃饭。

邻居哭着说：

"我不能去吃你的饭，因为我的儿子丢了。"

商人故作惊讶地问：

"什么？你孩子丢了。真巧，昨天傍晚我看见一只猫头鹰把一个小孩儿给叼走了。"

邻居说：

"我儿子那么大，一只猫头鹰怎么可能劫走他呢？"

商人说：

"这是我亲眼看见的，信不信由你，为什么不可能呢？既然有的地方一只老鼠能够偷吃100公斤的铁，那么那个地方的猫头鹰就能劫走你的孩子。"

邻居顿时明白了，原来是自己做事太不近人情，连忙道歉，并立即把铁还给商人，当然，他的孩子也安然无恙地回来了。

牧人和丢失的公牛

有个牧人赶着牛群在树林里放牧，发现少了一头小公牛，到处寻找也找不到。

于是，牧人祷告说：

"神啊，如果让我把偷牛贼找到，我情愿贡献一只羊来祭你。"

也许因为神的帮助，他翻过一个小山冈就看到了自己的小公牛。可是他还看到了一头狮子，它正在津津有味地享用他的小公牛。牧人吓得四肢发抖，合起双手向上天祈求道：

"我刚才祷告，如果能找到偷牛贼，我就献出一只羊，现在我已经看见了贼，我愿意补充我的诺言：只要能让我从狮子口下保住性命，我情愿在丢掉小公牛的基础上再赔上一头大公牛。"

马克利

很久很久以前，在斯堪的纳维亚半岛出现过一种奇特的动物，名叫马克利。它的外形像马，却比马高大，还有长长的颈和竖起的耳朵；它以草为食，边吃边往后退，因为它的上唇向前突出；它睡觉时是站着的，奔跑时风也追不上它，没有一个猎人捉到过它。

有一次，猎人们在月光下看见它倚在一棵大树上睡觉。于是在第二天，猎人们用大锯子在树上锯出几道深槽，让大树勉强还能立在那里，傍晚，猎人就在大树的附近躲了起来。

当马克利来到树下，又想靠在树身上睡觉时，大树带着它的身体轰隆倒下，猎人们一拥而上，终于捕获到了它。

狗熊捕"鱼"

狗熊在河里摸鱼，猫趴在岸上偷偷观看。它看到狗熊嚼鱼时，馋得直流口水。其实，狗熊早已发现了它，但假装没看见。狗熊把摸到的鱼故意一条又一条地扔到河岸上，引诱猫上当，猫果然开始偷吃狗熊的鱼。

狗熊上岸，见没有了鱼，一把揪住猫，大吼起来：

"一定是你偷吃了我的鱼！看，你的喉咙里还卡着鱼刺呢！"

猫只得乖乖承认。

狗熊狰狞大笑：

"没办法，现在我只能把你吃掉才能吃到我的鱼，谁让你这样馋嘴！"

猫求饶说：

"您放过我吧，日后，我会钓双倍的鱼赔您……"

狗熊一拧脖子：

"不行，赔一百倍的鱼也不行！告诉你吧，我这是在用鱼钓你上钩呢，我真正想吃的是猫肉！"

聪明的农夫

一天，有个小孩儿在野外玩，一头大黑熊悄悄地从后面过来，咬住了小孩儿的腿。小孩儿吓得大哭起来。大黑熊对小孩儿说："听着，小家伙，听你哭得这么难受，我今天发发慈悲放你一命，但是你必须让你的父亲每天早上给我送一块肉来，不然，我还会再要你的小命的。"

说完，大黑熊走了。

农夫的女儿慌张地跑回家中，把遇到大黑熊的事说了一遍，还恳求父亲答应大黑熊的要求。农夫答应了。

第二天一早，农夫找了一根木棍，用小刀在木棍上削出好些尖利的倒刺。然后，把准备好的一大块肉也带上，带着女儿来到地里。

不一会儿，大黑熊也来了。农夫把肉送上去，大黑熊闻了闻，张口猛吃起来。吃着吃着，大黑熊突然捂着嘴大叫痛，农夫拿着木棍对大黑熊说：

"喂，没关系的，可能是骨头卡住喉咙了。让我帮你挑出来。"其实，农夫事先在肉里放进了一团铁蒺藜，是铁蒺藜卡住了大黑熊的喉咙。趁大黑熊张嘴时，农夫用木棍使劲顶着铁蒺藜猛地往下一插。大黑熊疼得"哇哇"大叫，它想拔出木棍，但上面的倒刺却刮住了它的喉咙，越拔越痛。

看着大黑熊在地上痛得来回翻滚，农夫的女儿吓得浑身直哆嗦，农夫对女儿说：

"孩子，你可记住了，对这样凶恶的坏蛋，决不能手软，不然的话，你就会成为它的盘中餐。"

虎和人

一天,老虎对马说:"你比人大两三倍,为什么还让他骑着? 多累啊!"

马摇摇头回答说:

"你不知道,人虽小,但计策很多。"

老虎却不以为然,但田里的水牛也说人计策很多,谁也斗不过。这话让老虎很不服气,它决定和人一比高下。

于是,老虎来到一个正在吸烟的人面前,要和他比试抱腰。

那人看了老虎一眼,回答说:

"比就比嘛,只怕你抱不过我,别人要笑死你的。"

老虎跳起来说:

"我抱不过你? 那我们两个抱一抱试试!"

人回答说:"等我回家吃完饭再回来和你抱。"

老虎说:"你去吃饭回来再抱,也好嘛,我等着你。"

人说:

"你等我? 你的话我不信,恐怕等我吃饭回来,你已经跑了。"

老虎说：

"你放心，我一定不跑。"

人说："你要是让我相信你，就让我把你捆在松树上，不然的话，你跑了，我上哪里去找你。"

老虎说：

"你怕我跑，就把我捆在树上吧。"

于是，人就解下一根绳子，紧紧地把老虎捆在松树上。

之后，人回家把枪拿来，对老虎说：

"现在，我请你吸一杆烟，然后，咱俩就抱一抱。"

老虎说：

"你把烟杆拿给我吸。"

人说："你把眼睛闭上。"

老虎把眼睛闭上以后，人就把枪管放进了老虎的口里，扳动机柄。"轰"的一声，老虎的头被打破了。

老虎就这样死了。

乌鸦喝水

夏天的太阳热辣辣地炙烤着大地,小树、小草都被晒蔫了。一只乌鸦在空中飞着。飞了一会儿,它又热又渴,想找点水来喝。忽然,乌鸦看到了一只大水罐,它满心欢喜地飞了过去。

可令乌鸦失望的是,这个水罐里的水并不多,它使劲地把自己的长嘴伸到罐里,试图接近水面,但仍够不到。于是,它就使出全身力气去推,想把罐推倒,倒出水来,而大水罐却推也推不动。

这时,乌鸦想到了一个好办法,如果可以叼些石子放到罐里,石子多了,罐子里的水不就升高了吗?这么想了,就这么做了。

乌鸦不厌其烦地一块一块地用嘴叼石子,功夫不负有心人,随着石子的增多,罐里的水终于上升了。最后,乌鸦痛痛快快地喝了个够,解了口渴。

孙有度换马

　　古时候有一个叫孙有度的大户，祖先爱马入迷，到处搜罗名马，因此他家里的马都是良驹骏骥。

　　奇怪的是，孙家的马虽好，在赛场上却从未占过上风。每次赛马盛会一结束，孙家总是垂头丧气地牵着马归来。

　　孙有度接管这些马以后，忽然在大路口显眼的地方贴出了一张告示：

　　家有一等好马若干匹，今情愿换取二等马和三等马。四海之内如有急需好马者，请前来洽谈。

　　这件事立刻惊动了远乡近邻，大家都来看热闹或换马。

　　孙有度果然慷慨，只要弄清楚来者确需好马，事情一谈就妥。

　　一天，这孙家大院突然来了一个人。

　　来者白发苍苍，穿一件麻布袍子，见面就冲着孙有度哈哈大笑。

　　"先生有何贵干?"孙有度恭敬地问。

　　"不为什么，只请你回答我三个问题。"来者毫不客气地

问道，"第一，你如此慷慨换马，不怕毁了祖宗苦心经营的这份家产吗？第二，你将自家的好马换别人的劣马，不怕人家笑你糊涂吗？第三，你用自家的好马都赛不过人家，换了这些次等马来，还想日后赛马取胜吗？"

孙有度听了，微微一笑，随即拱手施礼道：

"我也请教先生三个问题：一是，马有三等，各有所事，倘若无巨细之分，让一等马干着三等马的杂役，您老感不感到可惜呢？二是，盈者损其溢，缺者补其损，各取所需，皆大欢喜，您说这换马是不是糊涂呢？三是，好马放奔旷野，任其专心驰跑，有充沛精力，无后顾之忧，您看今后赛马会不会取胜呢？"

三句话问得老者连连点头称是。

当第二年赛马盛会又来到时，人们惊奇地看到：孙家的马精神抖擞，越跑越快，四只蹄子就像腾空似的，箭一般向前飞奔，其他马没有追得上它们的。

老虎和猎人

一只老虎被猎人抓住,很不服气地说:
"哼,你设下陷阱捉住我,不算强。我的力气比你大,我的爪和牙都比你厉害。让我们对打,假如我打不过你,被你捉住,那我才服你。"

猎人笑了笑,说:

"是啊!你的力气的确比我大得多,还有非常厉害的爪和牙,可是你缺少一样东西,那就是聪明的脑袋。所以,你还是被我捉住了。"

人最强大的力量不是武力,而是头脑和智慧。

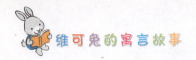

富翁和小鸟

有只小鸟从窗口飞进富翁的仓库里。

这一幕,恰好被富翁看见了,富翁就吓唬小鸟说:

"我想你不是贼吧,你马上飞走,不然别怪我不客气。"

小鸟扇动翅膀,笑笑说:

"尊贵的富翁大人,我决不会偷你的财产,我是被猎人追捕时,没有地方可躲避,实在没有办法才飞进仓库的。"

"原来是我的仓库救了你,也就是我救了你?"富翁有点不怀好意地问。

"是的,先生。"小鸟老实地回答。

"小鸟,那你应该怎样报答我呢?"富翁准备向它

提出要求。

"我一贫如洗,怎样报答呢?"小鸟无奈地说。

"只要你为我办一件事,就是飞进皇宫把皇妃的宝石给我叼来。"富翁说出了自己的意图。

小鸟真的叼来了宝石。

富翁一把抓住小鸟,冷笑道:

"你偷了宝石,万一走露风声,对质的话,你就是祸害……"

"高贵的人,你放了我吧,我可以为你叼来更多的宝石,使你更富有,还可以让你成为国王。"

富翁一听,高兴地放了小鸟。小鸟飞进了皇宫。没过几天,富翁的脑袋搬了家,财产被运进了皇宫。

黄毛小兔

有一天，一只金黄色小兔吃饱以后，外出散步，在路上捡到一包糖。它吃了一块，感到甜美可口。

一只白额虎看见小兔嘴巴在动，就问它在吃什么。小兔知道白额虎凶暴，老是欺负弱小的动物，就心生一计，大胆地说它在吃老虎的眼睛。

这让白额虎感到很好奇，于是让小兔也给它吃点。小兔就给它吃了一块糖。老虎吃了觉得滋味很甜美，还想再吃点。小兔就说：

"你吃自己的吧。"

老虎就让小兔帮忙挖掉自己的一只眼睛。小兔答应了，但是它把挖出的老虎眼睛藏了起来，另外送给老虎一块糖吃。老虎越吃越想吃，就让小兔帮忙把另一只眼睛也挖掉。小兔把挖掉的左眼丢了，又给它一小块糖吃。

老虎的眼睛没有了，就让小兔给自己带路。来到一处悬崖陡壁时，小兔说这是平坦大路。结果老虎便跌下万丈悬崖摔死了。小兔终于为大家除了害。

智勇双全的小兔

小兔子青青和妈妈生活在一起，每天采蘑菇、割青草，过得幸福而快乐。

一天，小兔子家来了一只跛腿的狼，它凶狠地诬赖兔妈妈借它的钱一直未还，让兔妈妈用小兔青青来抵债。兔妈妈为了保护女儿，被跛腿狼叼走了。小兔青青哭得死去活来。

小兔青青长大后，为了报仇，寻遍千山万水，终于找到了跛腿狼的行踪。它知道，单凭自己的力量是斗不过跛腿狼的，可就这样放弃，它不甘心。

于是，它轻手轻脚地来到跛腿狼的洞口，听到里面传出一阵阵鼾声。小兔子想，如果现在跑下山去叫猎人，只怕猎人还未到，狼就醒了。小兔子边沉思边踱步，不小心被一块石头绊了一下。顿时，它心生一计，便飞快地搬起一块一块石头，堵住了洞口。

当跛腿狼一觉醒来时，发现山洞口已被堵死，就这样它被活活地饿死了。后来，大家都称赞小兔青青是一位智勇双全的英雄。

41

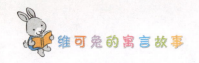

公牛与狮子

从前，在靠近原始森林的一个牧场上生活着三头肥壮的公牛。它们形影不离，总是在一起吃草，一起到河边喝水，一起睡在牧场。

有一头狮子早就对这三头公牛垂涎三尺了，但它始终没有下手的机会，因为三头公牛从不分离。最后，狮子想出了一个主意：离间三头公牛之间的感情，然后再一个个地对付。

一天，一头公牛远离了它的两个伙伴，独自在森林边缘吃草。狮子慢慢地走上前，主动和它打招呼说：

"朋友，听着！你要留心你的两个伙伴，因为我听说它们为了霸占草地想干掉你。你瞧，它们在窃窃私语，而且还不时地瞅你一眼，生怕你听见了。"

　　愚蠢的公牛转过它那
笨重的大头,果然看见两个伙伴在咬耳朵,一下子便轻信了
狮子的话。打那以后, 这头公牛和自己的伙伴离得越来越
远了。

　　几天以后,狮子又用同样的诡计,在第二头公牛面前搬
弄是非。结果,那头公牛也相信了狮子的挑拨,渐渐地也离
开了自己的伙伴。

　　就这样,过去曾经亲密无间的三头公牛,现在却形同陌
路,再也不团结了,相互离得远远的,去小河喝水的时间也
错开了,甚至连晚上躺在树底下睡觉时,也尽量保持距离。

　　狮子的计谋终于得逞,它高兴极了。这一天,狮子突然
从密林中奔出来,扑向一头公牛,咬断了它的脖子。而另外
两头在远处分散吃草的公牛眼睁睁地望着狮子吞食了自己
的伙伴,只想着那是它应得的报应。

　　过了几天,狮子吃掉了另一头公牛。又过了几天,最后
一头公牛也成了狮子口中的美食。

狮子请客

狮子看见公牛长得高高壮壮，觉得口感一定很好。于是狮子想了一个计策，预备杀害这头公牛。

有一天，狮子主动去找公牛，对它说：

"早上我刚刚捉到一只肥美的绵羊，不知道你愿不愿意赏光，到我住的地方和我一起品尝鲜嫩的羊肉?"

公牛听狮子这么一说，口水差一点儿就流出来，很快就答应了狮子的邀请。其实这头狮子早就设计好陷阱，等公牛上钩。它想趁着公牛不注意时，一口把它咬死，然后慢慢享用公牛的肉。

没过多久，公牛果然来了。狮子刚好有事出去了，公牛四处看看，并没有狮子所说的绵羊，而只看见了铜盆、铁叉。公牛立刻明白狮子邀请它来的目的，于是赶紧溜了。

狮子回来后，发现公牛走了，就跑去责问公牛：

"我并没有怠慢你，为什么你自顾自地走了呢?"

公牛镇静地回答：

"因为我在你那儿啥也没看见，只见到烤牛肉的工具啊!"

小裁缝娶公主

从前有位骄傲的公主,每当有人前来向她求婚,她总是说:"我的围栏里有头熊,今晚你得在那里过一夜,明天早上等我起来你还活着,你就可以娶我。"

一天,一个小裁缝向她求婚。公主见是一个穷裁缝,十分不快,就让小裁缝马上去围栏里与熊过夜。

小裁缝被带到了熊的身旁。当熊扑向他时,小裁缝装出若无其事的样子,拿出一把坚果,咬开壳,吃起果仁来。熊见了,也要吃坚果。小裁缝就掏出一把卵石塞在熊爪里。

熊把石子塞入口中,无论怎么咬也咬不开,就这样折腾了好长时间,直到咬开为止。

于是,小裁缝又从衣服里抽出一把小提琴,演奏起来。熊情不自禁地跳起舞来,还要跟小裁缝学拉琴。

熊跟小裁缝学了一整夜。当它困得睡着了,天已经大亮了,而小裁缝也安然无恙。于是公主别无选择,只好依照诺言,与小裁缝举行了婚礼。

狐狸分食物

有一天,狮子与狐狸、驴在森林里打猎。它们三个齐心协力堵截猎物,辛苦了一上午,还真有不小的收获。

到了中午时分,驴子说:

"你们看,我们打的东西不少了,可以先休息一会儿,吃点儿东西再说。"

狮子和狐狸肚子也饿了,听驴这么一说,也就同意了。

它们把猎物集中起来,让驴来分。

驴左瞧瞧,右看看,然后将所有的猎物摆在地上,分成三份。

驴觉得三份差不多一样,公平得很。分完了,驴请狮子先挑。

狮子一看驴的这种分法，怒火中烧，对驴大吼道：

"好大胆的驴子，分东西居然和我平起平坐，让你看看我的厉害。"

说完，就把驴给撕成碎片吃了，狐狸吓出一身冷汗。

狮子随后要求狐狸来分配猎物。

狐狸不敢怠慢，把所有的猎物分成了两堆，一堆多多的，一堆只有一小点儿。

狐狸对狮子说：

"狮子大王，大的一堆是你的，小的一堆是我的。"

狮子看完狐狸分的猎物，笑眯眯地问狐狸道：

"狐狸，你真聪明，是谁教你这样办的？"

狐狸指着剩下的驴骨头说："是它教的。"

必要的时候，只有承受住委屈，才能保全自己。

47

小兔斗狮

狮子不仅力气大，牙齿厉害，爪子锋利，而且吼声也特别大。森林里的所有动物只要一听狮子的吼声，个个吓得浑身发抖。

一天，狮子下达命令，要森林的动物轮流给它做饭送饭，谁敢违抗就吃掉谁。

森林里的动物敢怒不敢言，只好轮流做饭送给狮子。当这项任务轮到兔子家的时候，小兔子问它的爸爸妈妈，为什么大伙都怕狮子呢？

兔爸爸回答：

"孩子，狮子是森林之王，谁不听它的命令，它就会吃掉谁。"

饭做好了，小兔子自告奋勇要去送饭。它说服了爸爸妈妈，独自挎着篮子上路了。走到半路上，小兔子把盛饭

的篮子放在井边，然后到
狮子住的地方去了。

狮子一看兔子空着
手，便生气地问：

"为什么不送饭来
呢？你想找死吗？"

兔子不慌不忙地回答说：

"大王，我送饭来了，可是路
上又有一头狮子挡住了去路，饭被它抢
走了。"

狮子一听，勃然大怒，要兔子带它去找另一头狮子算账。

兔子把狮子带到井边。狮子一看井边的篮子，相信了
兔子的话。狮子把头往井里一看，果然看见里面还有一头
狮子冲着自己龇牙咧嘴。狮子大怒，大吼一声跳了下去。

结果，狮子淹死了。

森林里的动物们都欢呼庆祝重获自由，它们都称赞小
兔子机智勇敢，终于为大伙出了气。

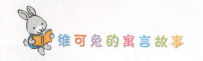

王子与年轻人

国王唯一的儿子得了一种怪病,他把自己臆想成一只大公鸡,一天到晚蹲着跳来跳去,嘴里"咕咕"地叫着。他吃饭时也不用筷子,只用嘴啄,一边啄,一边"咕咕"叫。

国王告示全国,无论男女老少,地位如何,贫富如何,只要能将王子莫名其妙的病治好,他愿意分出一半江山。

几天后,一位年轻人来应征了。年轻人见到王子后,便也蹲下来,学着大公鸡的样子。王子很开心,以为遇到了同伴,就与年轻人又笑又闹地滚在了一起。王子用嘴啄米,年轻人跟着啄;王子在沙土里打滚,年轻人也跟着滚;王子蹲在一条木板上睡觉,年轻人也跟着一起睡。

一个月过去了,突然奇迹出现了。这一天,年轻人随手拿起杯子喝水,而不像以前那样低头去吸。王子很好奇,也试着拿起杯子喝水,发现这样的确比较方便。

王子高兴了,于是开始处处模仿年轻人的动作。就这样,年轻人很巧妙地一步一步把王子重新引回了人的世界。

狮王用兵

雄狮,拥有巨大权力的森林之王,打算组织一支威名远扬的军队。它召集森林中的野兽,命令大象驮上军用物资,负责后勤工作;任命暴怒的狼担任突击队长;让狐狸运用它的智慧出谋划策;猴子动作灵巧且善于装腔作势,就命令它迷惑敌人,拖延来犯之敌的时间。

一头野兽叫嚷着:

"瞎眼的兔子和瘸腿的驴子就别带上了吧,它们上前线只能碍事,要它们有什么用场?"

狮子大王说:

"它们只能碍事吗?我才不相信呢!让瞎眼的兔子将耳朵贴在地面上, 可以及时准确地获得敌人大部队是否来袭的情报——要知道兔子的耳朵本来就很灵敏,而瞎了眼的兔子比正常兔子的耳朵更加灵敏;至于瘸腿的驴子嘛,就让它去炮塔充当点火的炮手,它行动不便,因此即使大敌当前也不会逃跑,只能血战到底。"

这样,一支军队安排得十分得当。

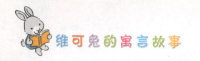

没有羽毛的蝙蝠

一只蝙蝠糊里糊涂地错进了黄鼠狼的家，惊醒了正在睡觉的黄鼠狼。黄鼠狼睁开眼睛一看，错把进来的蝙蝠当成了老鼠。黄鼠狼向来厌恶老鼠，就准备吃掉它。

蝙蝠吓坏了，连忙说：

"请你看看我的翅膀，我不是老鼠，我是鸟，请你原谅，是我不小心闯进了你的房间。"

黄鼠狼听了这话，定睛一看，这家伙果真长了两只翅膀。于是就把蝙蝠给放了。

可是第二天，蝙蝠又错进了另一只黄鼠狼的家里。黄鼠狼的太太正想捉一只鸟来解解馋，就说这鸟真是送上门的礼物。

蝙蝠听到人家把它当成鸟了，连忙解释自己是老鼠，因为它身上没有鸟的羽毛。于是黄鼠狼就把它放了。

小猪与狼

　　从前,有只小猪住在自己的大房子里,但有只狼总想着要吃它。狼破坏小猪的大房子没得逞,就说要和小猪一起去拔些萝卜。小猪答应说明早六点钟出发。

　　第二天早上,小猪五点钟就起床,取回了满筐箩卜。等狼来了,小猪就说自己已经去过了。狼很生气,心生一计,说农夫家有一棵苹果树,明天它五点来跟小猪去摘苹果。

　　第三天早上,小猪四点钟就去摘苹果了。当它正要从树上下来时,狼来了。小猪只好说这苹果可好吃了,就给狼扔了一个,扔得很远。等狼捡苹果时,小猪趁机跑回了家。

　　第四天,狼又来了,说下午三点一起和小猪去集市玩。

　　小猪提前上了路,并买了一只黄油桶,正要回家,看见狼来了,于是就爬进黄油桶。当桶和小猪从山坡上滚下时,狼吓了一大跳,赶快跑回家。

　　第五天,狼得知是小猪吓了它,气得不得了,就要从烟囱钻进屋子把小猪吃掉。小猪赶紧在炉灶上烧了一锅开水,当狼从烟囱里滑下来时,刚好掉进热水锅里,被烫死了。

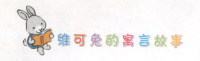

掉进深渊的狮子

　　狮子拼命地追赶羚羊,羚羊使出全身的劲儿在山路上奔跑着,前面是一道悬崖,悬崖下面是一道深渊,羚羊跑到这儿,看到黑乎乎的深渊,不由得停住了脚步。可是一想到后面追过来的狮子,羚羊心一横,反正也是死,不如跳一下试试,也许会跃过深渊。

　　想到这儿,羚羊憋足了劲儿,闭上眼,纵身一跳。奇迹发生了,羚羊竟然跃过了深渊,跳到了对面悬崖上。

　　狮子赶了过来,望着对面的羚羊,牙齿咬得"格格"响,但却没有勇气跳过去。

　　这时,一条狐狸路过这里。它看到狮子犹豫不决的样子,就说:

　　"亲爱的狮子啊！您是兽中之王。您想得到的东西怎么会逃得掉呢?小羚羊算什么?它能跳过去的地方,就凭您的力

气,也能跳过去,对您来说这不是什么难事,否则,您就不配做兽中之王。"

狮子听了狐狸又恭维又讽刺的话,心里的气不打一处来。狮子想,先把对面的羚羊收拾了,回头再找狐狸算账。想到这儿,狮子使出全身的劲儿也猛地一跳。

可是,狮子没有跳过去,掉进深渊摔死了。

狐狸高兴得手舞足蹈,心想:会说是我的本事,你狮子没脑子这可怨不得我呀,这下好了,我又有美味佳肴可以享用了。

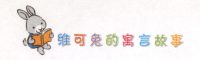

金环蛇和银环蛇

有一个人制成了一种很灵验的治蛇咬伤的药。一天，他被一条金环蛇和一条银环蛇缠住了，为了证实他的蛇药灵验，便叫毒蛇咬他的咽喉。

"我不咬!"银环蛇说。

"你不咬,我咬!"金环蛇向卖药人的喉咙狠狠地咬去。

顿时,卖药人的脖子肿得像猪脖子一样。可是,当他把灵药敷到伤口上,立即散毒消肿了。周围的人看见了,啧啧称奇,争着买药,卖药人的药葫芦一下就空了。

在归家的途中,金环蛇见卖药人身边已经没有药,就趁他不防备的时候,把他咬死了,并且还责备银环蛇刚才不咬他。但银环蛇反过来埋怨道:

"你在城里众人面前那么一咬,正好帮了他的大忙,把那些讨厌的蛇药卖得一干二净哩!"

金环蛇大笑起来:

"如果他的药卖不出,随身带着。我们又怎么能将他咬死呢?要知道,我刚才助他卖药,目的就是要把他置于死地!"

乌龟斗狼

有一天，狮王突然生病了，动物们知道后都纷纷赶来探望。

狼是马屁大王，于是第一个赶到狮王的洞里，并将它刚从农夫那里抓来的一只小羊羔，作为孝敬狮王的礼物。

狮王很高兴，对随后赶到的动物们说："狼是我朝的第一大忠臣，今后你们都要向它学习。"

"尊敬的狮王，乌龟早就对您有二心，您看，到现在它还没来呢！"狼见狮王对自己有好感就开始搬弄是非了。

"你这就去把乌龟壳给我敲碎了，我要好好补补身体！"

"遵命！狮王，我这就去。"狼大摇大摆地走了。

狼来到海边，找不到乌龟的踪影，只能回到狮王那里。刚走到洞口，狼就听到乌龟口若悬河地给狮王讲，狼肉滋补身体有多好，吓得狼拔腿就跑。

第二天，狼碰到乌龟，虽然气不打一处来，但还是忍了，心想："这家伙也不好惹，它那笨重的壳我也奈何不了它，还是从长计议吧。"于是狼假惺惺地跑过去和乌龟套近乎。

被谋杀的狮子

　　狐狸想把狮子杀死，约了老虎和狼去见狮子。

　　"狮子先生，"狐狸恭敬地鞠了一躬，"您是世界上最大的动物，谁都敬佩您。我们愿立您为王，听您的摆布……"

　　"我们可以给您盖一座美丽精致的房子，"没等狼说完，老虎就殷勤地接上去说，"我们每天供养您世界上最珍贵的食物，您每天安静地躺在房子里，享受我们的孝敬就行了。"

　　"想不到你们的心肠这样好！"狮子感激地点点头答应了。

　　从此，狮子不再为寻找食物忙了，每天悠闲地躺在房子里，吃着狐狸和老虎送来的食物。

　　渐渐地，狮子躺下就不再想爬起来，四条腿也软绵绵的没有劲儿了，吃起肉来也显得牙齿不利了。

　　一天，狐狸、老虎和狼又一齐到狮子的房子里，这一次不是带去珍贵的食物，而是拿着棍棒。

　　"愚蠢的狮子！"狐狸一进门就举起了棍，恶狠狠地说，

"你以为我们会真的养活你一辈子么？嘿嘿，傻瓜！我们不过想使你的身体衰弱下来，好除掉你。过去我们怕你凶猛，现在你已是一个连走路都需要扶着的家伙了，快来受缚吧！我们要拿你做一顿美味的早餐呢！"

这样，狮子因为听信了甜言蜜语，结果死在狐狸、老虎和狼的手里。

孩子与狗熊

　　一个孩子在山上种了一片苞谷。苞谷快要成熟的时候，被狗熊发现了。狗熊钻进苞谷地吃了一些，扔了一些，糟蹋了一地。

　　这个孩子气不过，就跑去和狗熊理论。但狗熊表现得很不屑，还说自己有的是力气，谁也不能把它怎么样。

　　"我光听说狗熊傻，可没听说狗熊有力气。"孩子试图挑起狗熊的怒火，

　　果然，狗熊一听这话就火了，它指着一块磨盘大的石头说：

　　"等我把这块石头扔到山下去，你就知道我是不是有力气了。"

　　说完，狗熊背起了石头，故意在草地上走了一圈儿，然后顺着陡坡把石头扔下山去。石头发出隆隆的

巨响,狗熊得意地"哼"了一声。

孩子说:

"背石头不算力气大,能拔起一棵树才算力气大。"

"那你就等着瞧吧!"狗熊说着,"吭哧吭哧"拔起树来。费了九牛二虎之力,终于把一棵松树给拔起来了。

孩子说:

"你能把松树拖到东边的湖里去吗?如果你能把树扔到湖里,让它像船一样漂起来,我就服你了。"

狗熊二话没说,真的把大树拖到湖里了。事后,它想爬上岸来,可已累得筋疲力尽了。一不小心,它"扑通"一声落到了水里。

这时候,孩子趁机跳过去,揪住狗熊的耳朵,把它的脑袋摁到湖里,灌了它一肚子水。

狗熊求饶了,乖乖地答应了给孩子赔偿:自己当一头牛,学会拉犁,帮助那个孩子种地。

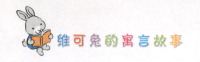
小蚂蚁斗大驴

有一头驴子身材很高大。驴子自恃身高体壮，从来不把比它个小的动物放在眼里。

一天，驴子吃饱了肚子，正在树林中散步，走着走着，看见路边的小树杈上有个麻雀窝，窝里有好几只小麻雀向外探头探脑张望着。驴子很生气，它从不喜欢有谁偷看自己，就大声呵斥：

"你们这些小麻雀，还不给我缩回头去！"

小麻雀们不懂事，仍然张望着。恼怒的驴子就走近小树，使劲儿用后背撞树杈。麻雀窝掉在地上，小麻雀们正好摔在石头上，给摔死了。麻雀妈妈痛苦万分，驴子扬长而去。

一只蚂蚁路过这里，知道了刚才发生的一切，它非常气愤，就给麻雀想了一个复仇的办法。

第二天，驴子还是在林子里散步。蚂蚁乘机爬到了驴子眼边，把身上带来的小土粒放进驴子的眼里，驴子顿时难受得又踢又咬。这时，麻雀乘机去啄驴子的另一只眼睛。驴子两眼看不清方向，最后，掉进山下的河里淹死了。

老虎与蛇

老虎在森林中遇见一条四五尺长的毒蛇，老虎举爪向它扑去，它"飕"地躲在了一边，对老虎说：

"您是百兽之王，我当然也是您的臣民。今天，您到我的领地来视察，我感到非常荣幸。我是特地来欢迎您的。"

老虎说：

"你是毒蛇，我要除掉你！"

毒蛇说：

"蛇有些是有毒的，有些是无毒的，我是无毒蛇呀！大王凛凛威风，堂堂正气，假如有毒蛇胆敢来咬大王，我决饶不了它！大王到森林中视察，我给大王开道。"

说着，它仰起头来向老虎点了几下，它在给老虎

大王叩头哩!

虎大王高兴地说:

"难得你对孤王的一片忠心。那么,你就给我领路吧!"

毒蛇在前面走,老虎跟在后面。走着走着,趁老虎东张西望毫无戒备的时候,那毒蛇回过头在老虎的腿上咬了一口,然后溜到草丛深处去了。

蛇毒迅速传遍老虎全身,它在痛苦的抽搐中死去。

目睹这一切的白头翁说:

"虎大王不是死于蛇,而是死于阿谀,真可以说是阿谀猛于虎呵!"

聪明的小老鼠

　　一只小狐狸拎着一篮花生，对小动物们说："谁能讲个故事让我说出'没有'两个字，这花生就送给谁。"

　　有只机灵的小老鼠便讲了起来："一只小蚂蚁过桥时，一拳把迎面而来的大象打倒了。你的妈妈刚好路过，也被大象撞到了河里。四只小老鼠看到了，急忙救起了你的妈妈。"

　　这时，小老鼠问小狐狸妈妈有没有将这件事告诉它。小狐狸煞有介事地点着头，就是不说"没有"两个字。

　　小老鼠想了想，继续讲："狮子大王得知此事后，就请小老鼠们到王宫吃饭。小老鼠们每次吃饭时，总喜欢不约而同地把筷子伸向同一盘菜，而桌上恰好摆着好吃的'油炸花生米'。请你猜一猜，现在这四双筷子同时伸向哪盘菜？"

　　"油炸花生米！"小狐狸很自信地说。

　　"王宫里的猪警官告诉你的？"小老鼠追问了一句。

　　"没有，没有，没有！是我猜到的！"小狐狸急忙辩解道。

　　小狐狸终于说出了"没有"两个字，于是小老鼠得到了这篮花生。

与虎谋皮

狼宰相对虎王说：

"虎皮是威严、肃穆、庄重的象征。大王要是把虎皮脱下来，铺在座垫上，就会使大王更加威风了！"

虎王问它怎么才能把皮脱下来。

狼宰相说：

"只要打点麻药，全身麻醉就可以做脱皮手术了。"

虎王问：

"脱了皮能活命吗？"

狼宰相说：

"当然能了。我请来了狈太医，如果大王愿意做脱皮手术，让狈太医给您注射麻药后就可以了。狈太医现正在殿外待诏。"

虎王就让它进来。

狈太医进来后,虎王问:

"太医,狼宰相劝我把皮脱下来当座垫,你看可以吗?"

狈太医就大肆夸奖自己的医术高明,完全可以为虎王做手术。

虎王听了,就让它为狼宰相做脱皮手术。

狼宰相大惊失色,吓得瘫在殿上。狈太医在虎王和朝廷大臣众目睽睽下,给狼宰相做脱皮手术,狼宰相脱皮后,再也没有活过来;狈太医也以狼狈为奸、阴谋杀君篡位的罪名被处以极刑。不久,虎的宝座铺上了狼皮和狈皮的垫子。

金貂的尾巴

　　有一个人叫巴拉根仓，一天在路上碰见一个放羊的孩子哭得很伤心，于是下马打听是怎么回事。孩子告诉他财主宝尔勒代把他的马给抢走了。巴拉根仓一听非常气愤，他答应帮孩子把马要回来。他在一条山湾小路上守着一个小洞，手里捏着一条金黄色的毛茸茸的尾巴，等着贪财的宝尔勒代。当宝尔勒代骑着马在路上飞驰时，巴拉根仓向他摇手示意不要过来。可宝尔勒代还是过来了，巴拉根仓假装生气地说："险些让你把我这一千两银子给吓跑了！"宝尔勒代一听说有一千两银子，就心动了。当他得知巴拉根仓手里捏着的是价值千金的金貂的尾巴时，十分乐意帮助巴拉根仓，但条件就是将来卖的钱得平分。眼见宝尔勒代上钩了，巴拉根仓就让他骑马去借把锹，好把金貂挖出来。宝尔勒代怕巴拉根仓把金貂挖出来独吞了，就让巴拉根仓骑着自己的马去借锹。结果他等到天黑了，也没看到巴拉根仓回来。

县令和老虎

古时候，有一个人在某地做县官，那里山多地少，森林茂密，时常有老虎下山侵扰百姓，许多百姓都因此丧了命，家里养的牲畜也被吃了不少。老百姓纷纷要求县官召集人马去除掉恶虎。

可这个糊涂的县官只是下了一道驱逐老虎的榜文，然后让人把榜文刻在森林的大岩石上。十分凑巧的是，那只老虎不知何故就离开了此地。县官十分高兴，以为自己的

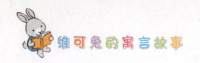

榜文对老虎有震慑作用,逢人就夸自己的能耐。

后来,县官调到另外一个地方做官了。这个地方也在闹虎患,县官于是故技重施。过了几天,为了验证自己的能力,县官亲自带领一批衙役前去森林察看,但这次他失算了,还被蛰伏在森林里的大老虎给咬伤了。

无论做什么事,都要仔细观察,认真思考。

测试实验

博士先生牵着三只猴子和一只猩猩走进了实验室。

实验室四壁都是用透明玻璃做成的。博士先生领着猴子和猩猩从正门进去,解开它们脖子上的锁链以后,便迅速退了出来,并且"砰"的一声把那道门也关上了。

一会儿工夫,实验室的四周架起了柴火,"噼里啪啦"地烧得一片通红。猴子们透过玻璃看见外面的熊熊烈火,一下子乱作了一团。它们跳来蹿去,尖叫着,暴怒着,一齐扑向正门:但门已经被关死了,猴子们无论怎样拼命都无法冲出去。可它们还在发疯般往那道门上扑呀撞呀,抓呀咬呀……

猩猩看见猴子没能从正门出去,就开始沿着四壁转来转去,到处摸索推撩,试图从另外三面找到一个可以突破的缺口。果然,有一扇玻璃窗被它推开了。

不用说,猩猩和猴子都立刻从这个窗口跑出去了。

博士先生不禁哈哈大笑起来。他对自己的实验很满意,说:"这就是猩猩比猴子高明的证据。"

小老虎捕鹿

有一只小老虎，年纪不大，却是个捕食能手。一次，小老虎来到山腰，见有两只鹿正在那里拼命厮打着。它们时而互相猛扑，时而互相咬住脖颈不放。

小老虎正要上前抓其中一只，与它同行的虎妈妈连忙劝住了它，让它再等等。

小老虎说：

"还等什么?我乘它们不备就可以咬住一只。如果它们一会儿平静下来，重新和好，我就不好对付它们了！"

虎妈妈说：

"最好的时机还没到。你想，两只鹿真的动怒拼打，弱些的肯定会被杀死，而强些的那只鹿也会受伤。等到它们死的死，伤的伤，你再行动，这两只母鹿就都属于你了。"

小老虎这才恍然大悟。直夸妈妈的主意真是个好主意！

 猴王模仿

　　从前，有一个卖烟斗的人，他背着一袋烟斗在翻越一座大山时，觉得很累，便放下袋子，坐在一棵大树下休息，不料却睡着了。等他醒来的时候，发现自己的烟斗都被树上的猴子拿走了。

　　为了收回烟斗，他想到猴子喜欢模仿人的动作，就试着举起右手，果然猴子也跟着他举手；他拍拍手，猴子也跟着拍拍手。于是他赶紧把嘴上衔着的烟斗拿下来，丢在地上；猴子也学着他，将烟斗纷纷都扔在地上。卖烟斗的捡起烟斗，回家去了。回家之后，他将这件事告诉了他的儿孙们。

　　后来，他的孙子也在卖烟斗的途中，被猴子拿走了烟斗。于是孙子照着爷爷的方法而行，可是当孙子把烟斗扔到地上时，那群猴子并没有照他的样子做。

　　正在孙子着急的时候，猴王出现了，它把孙子丢在地上的烟斗捡了起来，衔在自己的嘴上，还用力地对着孙子的后脑勺打了一巴掌，说：

　　"别自作聪明，只有你有爷爷吗？"

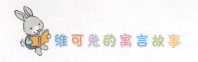

泄露

老虎给兔子写了一封信,信中说:

"兔子老弟,以前是我不好,把你吓得四处躲藏。最近,好好反省自己才知道我实在是太过分了。如果你能既往不咎,我愿意向你赔礼道歉。另外,我从国外带回来一大包鲜草,如果你和你的家人能够享用,这将是我莫大的荣幸。听说你有三栋漂亮的别墅,如果你能原谅我,我愿意带上礼物参观你富丽堂皇的住处……"

兔子看完信后,心里很高兴:既然老虎有这个诚意,自己就宽容一些吧。它立即回信,邀请老虎来家做客。老虎果然带来了一包进口的鲜草。兔子带领着老虎参观自己的三

处别墅,并对老虎说:

"别人都说'狡兔三窟',这是我们防身的秘密啊!你千万不要让别人知道这个秘密,要不然,我一家老小十几口就要遭受灭顶之……"

还没等兔子说完,老虎就把兔子生吞活剥了,分散在其他两所别墅的家人也成了老虎一个月的美食。

老虎和萤火虫

老虎想吃萤火虫，又找不到借口。有一天，老虎对萤火虫说：

"老弟，生活太苦闷了，我们来试一试胆量好吗？"

萤火虫答应了。

老虎说："我们比试的方法是：你坐到柜里面去，我在外面要给你看；然后，我坐到里面去，你要给我看。比比谁的胆量大。要是谁心慌了，就算谁输。"

试胆量开始了，萤火虫先到柜中去，这时老虎高兴得牙齿发痒。它翘起了尾巴，吼得地动山摇。萤火虫觉得这好看极了，一点儿也不害怕，同时也明白了老虎的心思。

萤火虫出来后，该老虎到柜中去了。老虎想：这小小的东西，哪吓得倒我！萤火虫猜透了老虎的心思，只见它慢慢地东一抱，西一抱，不一会儿就搬来了一大堆干柴草。萤火虫想：这回要让老虎尝尝我的味道了，看看是香是辣。接着，就抽出火镰来，"咔嚓咔嚓"地打着，只见一闪一闪地迸出火花。

老虎见到火，心早慌得发抖，可是它还嘴硬地表示一点儿也不可怕。

"咔嚓,咔嚓"的声音又响了,接着一颗颗火星往外迸发,这时,干草、干柴着火了。老虎见了,就急得叫起来:"老弟,不要打火了,不要打火了……"

火越烧越大,只听老虎在柜里吓得直叫:

"我们都是好朋友呀!老弟,不要再打火了,我怕。"

萤火虫一面向火堆上扔干柴草,一面说:

"嘿!不打火了?有你就没有我。"

老虎感到不妙,便在柜里横冲直撞起来,可是,用尽了全身力量,也无法把柜子撞开。

火焰冲天高,柜子被烧成了木炭,老虎也被烧成了灰。萤火虫摆脱了危险。

从那以后,萤火虫无论飞到哪里,火镰总不离身, 当它碰到意外的时候,就打火镰,迸发出一闪一闪的火花,这样,别的猛兽就不敢接近它了。

人与猴

在动物园里，有个人指着猴子，对身旁的儿子说，这种上蹿下跳的动物叫猴，是专供人类开心的。

这个人说着，从包中摸出一颗花生，朝一只大猴背后扔去，只见大猴急转身，略一迟疑，却用嘴接住，然后再用爪子从嘴里取出来，显得很滑稽。儿子笑起来，说真有意思。

大人受了鼓舞，便不断地扔，大猴便不断地这样接，接住吃掉，或给身边的小猴。直到一大包花生全部扔完了，大人才带着儿子一步一回头地离开。

大人边走还边说，猴子这种动物自以为挺聪明，其实被咱们耍了，它还不知道呢，真可悲！

而同样是在动物园，大猴也指着笼子外的人，对自己的小猴说，这种动物叫人，是专门供咱们猴子开心的。因为在它们的眼里，能将人们手里的花生，一点点地归为己有，这是需要技巧的，而自以为是的人们却以为自己很聪明，其实却被猴子耍了，但他们还不知道，这真是可悲！

野猪的兽王梦

　　武松打虎后,景阳冈的山林里再也没有老虎了。狼趁虚而入,然而,称王称霸不久,就被猎人捕杀了去。一时间,山林无主,无恶不作的野猪又想钻这个空子。

　　一天,它对大家说:

　　"现在我们的林子里,各种事务无人管理,秩序十分混乱,必须尽快再立兽王!"

　　它的走狗狐狸附和说:

　　"是呀,国不可一日无君,再没有兽王,我们的日子就过不下去了!"

　　大小动物交头接耳,议论纷纷:谁来做兽王呢? 莫非是野猪? 这家伙也坏得很呀,我们不能选它!

　　野猪在一旁看到这个情景,心里好不焦急,它按捺不住,再次跳出来说:

　　"你们一个个好不知趣!

论实力，这次也该轮到我了！你们谁还有这个资格？"

众兽敢怒不敢言，立刻十分沉寂。

这时，牛挺身而出，大声喝道：

"应该推举它嘛！大家务必快快决定，否则，那勇猛的猎人下一次不知道该捕杀哪一个！"

野猪听了，吓得屁滚尿流，忙钻到深深的洞穴里。

睿智的老猴

猴子王国是一个出演说家的国度，它们可以围绕某个话题争论不休，把森林吵得不得安宁。

不知什么原因，天气在变坏，森林里的动物在减少，王国面临生存危机。国王下令让猴子们讨论一下该怎么办，猴子们当即炸了锅。随后便提出了几个方案：一是坚守；二是向邻国发动战争，掠夺资源；三是加快科研步伐，改良食物，扩大食物品种。围绕这些话题，正反双方进行了数百轮的激辩，谁也没能说服谁，王国一片混乱，无所适从。

一个叫默臣的老猴什么也没说，而是备好行装，准备另寻出路。猴王问它为什么这么做。

默臣回答道：

"大家说的都有道理，但我还听到别的。我在树上听到老虎说，森林在缩小，它已猎不到足够的食物，准备搬走了；我听到苍鹰说，几十个伐木队正往森林开来；我听到喜鹊说，人类准备把森林变成良田。那么我们不走还等什么呢？"

所有的猴子都不说话了，都灰溜溜地跟着老猴搬家了。

猎人与隐士

一个猎人上山打猎,由于下了一场暴雨,沿途作的标记都被冲洗掉了,他在山里迷路了。一连过了好几天,他都找不到出口,整个人是筋疲力尽,饥寒交迫。

一天,他照样在森林里转来转去。一个很偶然的机会,他发现了一间小木屋,于是快步走上前去。正当他暗自庆幸有救时,却发现了另一个让他吃惊的现象:小木屋的屋主是个性格怪僻的隐士,传说他对闯入者都会心怀敌意,完全不理会任何到此造访或是打搅他的人;但迫于饥饿,猎人还是走进了禁地。

怎么办呢?如果不向隐士索取食物,自己很有可能就要死在这荒山野岭。肯定要抓住这个机会向隐士求救,可又怎么跟他说呢?

也许,可以用枪迫使隐士就范,抢夺他的食物,但这样事后可能要接受法律的制裁;也许,隐士可能出手夺枪,进而引发枪战,如果猎人射中隐士,他将被控谋杀罪;如果猎人自己被射中,同样是一场悲剧。

以上两种策略,猎人都没有采用,他采用的是一种更聪明的办法:只见他走向前轻轻地敲门,等隐士开门后,猎人马上微笑着说:

"尊敬的先生,我是来这里打猎的,不幸迷了路。"说着,主动将枪托递给隐士。隐士感到非常惊异,这个来客表达友好的方式太奇怪了,于是默默地将枪收下了。

见隐士没有拒绝自己,猎人赶紧诚恳地请求道:"能不能用枪和您换点食物?因为我实在饿得不行了。"

由于武器在自己的手中,隐士感到很安全,同时猎人对他的尊敬也使他感到很高兴。隐士破天荒地邀请猎人进去,并为他准备晚餐。饭后,隐士将枪还给猎人,并指引他走出了森林。

兔儿和羊羔

兔儿和羊羔是好朋友，兔儿机灵，羊羔老实。

有一天，兔儿和羊羔在山坡上吃草。谁知从山背后来了一只狼。狼想吃它们，又觉得它们太小了。想了想，就走到兔儿和羊羔跟前，告诉它们这片草地是它的，将来长大了可不能忘了它。说完，摇摇摆摆地走了。

兔儿一听，就愁眉苦脸的。但羊羔却鼓励它，因为到时候它们也会长大的。

在羊羔的鼓励下，兔儿开始考虑起对付狼的办法。在以后的日子里，兔儿和羊羔捡了一块破毡和一张有字的纸，决定用它们来对付狼。

到了八月，草黄了，羊羔和兔儿也长大了。一天，它们玩得正高兴，恶狼跑来了。狼说：

"哼，我的草都叫你们吃完了，也不想法报答我。

今天非把你们吃了不可！"

兔儿说：

"好好好，狼伯伯，你跑得很累了，先坐下歇一会儿吧！"

羊羔把那块破毡拿来，让狼坐了下来。

兔儿说：

"狼伯伯，我有一句话对你说，你听了，可不要让别人知道了。"

说完，叫羊羔赶快把那张有字的纸拿来，对狼说：

"狼伯伯，你看，老虎大王的告示！"

狼不认识字，兔儿就假装念：

"老虎大王告知兽民，现在缺一百零八张狼皮，有见到狼的，应立即报告，重重有赏！哎呀，狼伯伯，你还是快点躲起来吧！"

狼一听，吓得赶紧跑了。

两只狐狸

一只老狐狸在山野里疲惫地走着,它奔波了一整天,没有吃到一点儿东西,饥饿正在折磨着它。

忽然,它看见草丛里有一只年轻的狐狸,正抓住一只山鸡要吃。它用武力斗不过年轻的狐狸,于是装作不以为然的样子,连声叹气:

"我们狐狸的名声,全让你这个不肖子孙给败坏了!"

"什么不肖子孙?难道我把自己捕获的猎物供你食用,狐狸的名声就好了?"年轻的狐狸吃着山鸡肉说。

老狐狸眼馋地望着肥美的山鸡肉,仍然不慌不忙地说:

"我们狐狸历来只吃野兔、田鼠一类地上跑的动物,山鸡却是万万吃不得的!因为山鸡是山野最美的,也最受人们喜欢的飞禽。伤害了它,山野里所有的动物都会骂我们的!"

"那就让它们骂去吧!"年轻的狐狸说。

老狐狸用尽了智谋,也没有得到一块山鸡肉,因为它忘记了对手也是一只狐狸。

蚂蚁搬桃

有两只蚂蚁一同出去觅食，找了好久都没有找到合适的食物，又饿又累。

这个时候，大蚂蚁忽然发现前边不远处有一只很大的桃子，桃子很漂亮，白里泛红，长满了细密的绒毛，闻起来可香啦！

两只蚂蚁很高兴地跑上前去，想把这只桃子搬回家。要知道，这么大一个桃子可够蚂蚁全家吃好长时间的了。

可是桃子虽好，却太重了，两只蚂蚁别说搬动了，连稍微挪动一点儿都不可能。

小蚂蚁有点气馁，想都不想就对大蚂蚁说：

"要不你在这儿等着，我回去找人来帮我们搬。"

可是一大早，全家都到外面去找食物了，哪里找得到帮手啊。

两只蚂蚁有点儿急了，难道就放着这么大这么肥美的一只桃子不要了？这多可惜啊。

大蚂蚁有点儿舍不得，站在原地又想了想，忽然有了主意：

"没有关系啊。我们搬一个桃子搬不动，干脆就一次咬一小块下来搬回去，这样多搬几次，肯定可以把桃子搬回家的。"

于是两只蚂蚁用牙齿小心地把桃子分成很多小块，然后一块块地往家搬，虽然速度不是很快，但是终于把一个桃子都搬了回去。

这天晚上，蚂蚁全家美美地吃了一顿丰盛的桃子宴。

狐狸妙抢食物

有一天，狼在森林里找到猎物，正要回去享用时，巧遇狐狸。

狼知道狐狸很狡猾，害怕狐狸把自己的猎物骗走了，就和狐狸打了个招呼，然后转身赶快往家里走。

狼走了没几步，就听到狐狸惨叫：

"救命啊，快来救救我啊！"

狼回头一看，只见狐狸倒在地上，好像脚受伤的样子。

狼说：

"你刚才不是还好好的吗？"

狐狸装得很可怜，说：

"我正要走开时，被地上一根大铁钉扎到脚底了，疼死我啦，你帮我拔掉好不好？"

狼犹豫了一下，本不打算理它，但是又觉得见死不救不太好，只好勉强答应狐狸。谁知道，就在狼低头要帮狐狸拔铁钉时，狐狸突然用力踹了狼一下，然后把狼的食物抢走，逃逸无踪，留下悔恨的狼。

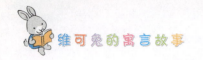

不吃牛皮的小狗

　　田野里,有几只野狗好几天没有觅到食物,正饿得发慌时,它们发现有一张牛皮浸泡在河里。

　　"弟兄们,快动动脑子,用什么法子才能吃到牛皮?"领头的野狗嚷道。

　　"嗨,这还不简单,咱们一起把脖子伸到河里,把河水喝干,不就能吃到牛皮了吗?"另一只野狗自信地说。

　　"好,这真是个好办法!来吧,弟兄们,咱们一起喝吧,牛皮就会属于我们了。"说完,领头的野狗率先把头伸进水中,埋头喝起来,其他野狗纷纷效仿。只有一只小野狗对这个方法不以为然。

　　"我宁可饿死,也不要让水把自己撑死。"它在心里嘀咕道。这只小野狗便躺在河岸边,眯着眼,盯着那些愚蠢的同类们。

野狗们拼命地喝水，结果它们离够得着牛皮还远着的时候，水就已经把他们的肚子胀破了，野狗们一个个倒在水边。

这时，那只躺在地上休息的小狗，却一跃而起，靠啃噬同伴的尸体得以活命。

解决困难要采取切实可行的办法，否则付出的辛苦就没有价值。

91

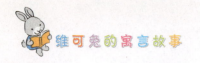

老虎与狐狸

狐狸是动物世界里不大不小的家伙,它没有雄狮的力量,也没有骏马的速度,更没有苍鹰的翅膀,可它却生活得很好,因为它有比别的动物更聪明的大脑,而且它还意识到自己的这一优势。

一天,狐狸在森林中遇到老虎,想逃已不可能,只好大着胆子走上前,对老虎说:

"你敢吃我吗?我是上帝派来管理百兽的。"

老虎根本不相信。狐狸说:

"你跟在我后面,一看便知!"老虎好奇地跟着狐狸。

森林中的百兽见老虎来了,四处逃窜。

"老虎,我没骗你吧!"

老虎相信了,就放了它。

有头脑的乌龟

乌龟和兔子比赛失败后,因为不服气,又先后和兔子进行了两场比赛,但是都以失败而告终。

已经失败三次了,换别人早就认输了,可是乌龟不认输,一连几天它都没睡好觉。

乌龟一直在苦思冥想:

如果只靠每天苦练恐怕还是赢不了兔子,因为我们的先天条件差得太多了,我必须想一个办法。对,改变比赛路线。这一次不是轮到我选择比赛路线吗,我为什么不选择一条有河的路线呢,我会游泳,兔子不会,我自然能赢它。

乌龟为自己的高明而感到兴奋无比。

果然不出乌龟所料,在比赛中,兔子面对小河无计可施,只好眼睁睁地看着乌龟跑到了终点。

困驴的逃生术

有一天，农夫的一头驴子不小心掉进了一口枯井里，农夫绞尽脑汁想办法救出驴子，但几个小时过去了，驴子还在井里痛苦地哀嚎着。

最后，这位农夫决定放弃，他想这头驴子年纪大了，不值得大费周折去把它救出来，不过无论如何，这口井还是得填起来。于是，农夫便请来左邻右舍帮忙一起将井中的驴子埋了，以免除它的痛苦。

农夫的邻居们人手一把铲子，开始将泥土铲进枯井中。当这头驴子了解到自己的处境时，刚开始哭得很凄惨。但出人意料的是，一会儿之后这头驴子就安静下来了。农夫好奇地探头往井底一看，出现在眼前的景象令他大吃一惊：

当铲进井里的泥土落在驴子的背部时，驴子的反应令人称奇——它将泥土抖落掉，然后站到铲进的泥土堆上面！

就这样，驴子将大家铲倒在它身上的泥土全数抖落到井底，然后再站上去。慢慢地，这只驴子便得意地上升到井口，然后，在众人惊讶的表情中快步地跑开了！

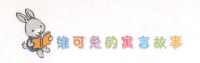

穿山甲和蚂蚁

在山里住着一只穿山甲，又馋又懒，特别爱吃蚂蚁。每次它那长长的舌头一舔，很多可怜的蚂蚁就成为它的腹中之物了。

一天，穿山甲在山里闲逛，碰巧遇到一群蚂蚁，穿山甲很高兴，打算把它们当自己的晚饭来享用。

奇怪的是，今天跟往常不一样。居然有一只小蚂蚁抗议：

"你不能吃我，我是天上派来管理山林的，如果吃了我，上天会惩罚你的。"

穿山甲听了不由得一愣，吃了这么久的蚂蚁，这种事还是头一次听到，它被弄糊涂了，半天都不相信。

小蚂蚁见它不信，接着说道：

"你不信，我们就来比试一下好了，我是上天的使者，不会输给你的，我们比比谁先跑到山顶，如果你没我快的话，你就必须放我们走。"

穿山甲根本就没把蚂蚁放在心上，就同意了。

穿山甲信心百倍地往山上爬，越爬越乐不可支。它不时地还回头看看蚂蚁到哪儿了。爬了没多久，发现蚂蚁不见了！它很满意地想，蚂蚁一定是被自己甩得远远的了。

想着蚂蚁很快就心甘情愿地送到自己嘴里了，穿山甲心情愉悦，很快就爬到了山顶。

可是屁股刚一坐下，就听到蚂蚁在身后懒洋洋地说：

"你怎么才到呀，我都在这儿睡一觉啦！"

穿山甲大吃一惊，以为蚂蚁真的是上天的使者，于是，不得不认输，答应不吃蚂蚁了。

其实，聪明的小蚂蚁只是趴在穿山甲的尾巴上，被带上了山，刚才穿山甲转身时才从它身上爬下来的。

不敢进洞的狐狸

年老体衰的狮子想在自己还没有完全倒下之前,每天都吃得饱饱的。于是,它要凭心计找食物。

一天,狮子说自己病了,在山洞里呻吟着。这下子,许多动物都很高兴。听说狮子病得不轻,起不了床,它们都想借着看望狮子的名义,去狮子病床前羞辱一番。这刚好中了狮子的计。很多进去的动物都没有逃过狮子的利齿利爪。

狐狸听说狮子病了,也想去看看。可是狐狸走到洞口停住了。狮子就问它为什么不进来。

"是的,听说你病了,我来看你,可是在我之前有很多伙伴进去看你,这里有它们进去的脚印,怎么没有它们出来的脚印呢?看来,我还是别进去吧!"狐狸回答说。

狮子在洞里听到狐狸的话,一点儿办法也没有,气急败坏地吼道:

"狡猾的狐狸,等我病好了,我非先吃掉你不可。"

"亲爱的大王,那就等下辈子再耍威风吧,你已经出不了洞啦。"狐狸冷笑着,昂首挺胸地走了。

蚂蚁过河

　　上万只蚂蚁来到了大河边，它们要过河去开辟一片新的家园，但没有船。它们该如何渡过这条波澜起伏的大河呢？

　　于是，有蚂蚁提议：用我们的身体搂抱成巨团，像一条船那样划过去。这个提议得到了大多数蚂蚁的同意。因为它们相信，团结就是力量。只有这样，它们才有可能冲过激流，寻找到新的家园。

　　可是，有几只自恃身强体壮的大蚂蚁却不想加入，它们嫌老的老、小的小，怕被拖累死，要独自游过河去。

　　于是，团结的蚁群开始编队，它们把年老的和弱小的保

护在中间，其余的安排在外边，然后又组成一支敢死队。

一声号令，敢死队员们把这个巨大的蚁团推送到河里，随后，用一侧的腿勾系在蚁团最外层，用另一侧的腿像船桨一样地划动。

蚁团缓慢地横渡着，没有出现任何事故。但到了河心，激流一会儿把蚁团吞没，一会儿把蚁团抛起，情况非常危急！尽管如此，蚂蚁们还是紧紧地抱在一起，敢死队员们还是在拼命在划动着它们的"桨"……

终于，蚁团胜利地到达了对岸。

可是，那几只单独过河的大蚂蚁呢，没有游到河心，就被河水夺去了生命。

狐狸和乌鸦

有只乌鸦偷到一块肉，衔着站在大树上。路过此地的狐狸看见后，口水直流，很想把那块肉弄到手。它便站在树下，大肆夸奖乌鸦的身体魁梧、羽毛美丽，还说它应该成为鸟类之王，若能发出声音，那就更当之无愧了。

乌鸦为了要显示它能发出声音，便张嘴放声大叫，而那块肉掉到了树下。狐狸跑上去，抢到了那块肉，并嘲笑着它。

又一回狐狸看见乌鸦衔着肉，又来吹捧它诱它开口。乌鸦经过上一次的教训，无论狐狸说多么谄媚的话它都不开口。于是，狐狸改变策略，大骂乌鸦，说它的羽毛全是黑的，很难看，又说它是哑巴，等等。乌鸦禁不住狐狸的攻击咒骂，开口还击，结果一开口肉就掉了下来，使得狐狸又一次成功地把它的肉骗去了。

竹篮打水

　　小猴子每天都很开心，似乎没有什么事情对它能造成挫折，也没有什么使它感到难过和伤心的事情。有一天，一只老猴子和它开玩笑，说：

　　"小猴子，大家都说你很聪明，我今天要考考你，你能用这个竹篮子给我去打一篮子水吗？"

　　小猴子当时没有多想，就蹦蹦跳跳地拿着竹篮子出去了。但是，竹篮子怎么能打水呢，当小猴子把竹篮子从水中提出来时，水自然全漏掉了。小猴子十分生气，心想，这老猴子，分明是在捉弄我吗，小猴子有点泄气。

　　过了一会儿，它朝周围看了看，又高兴起来，这有什么难办的,我一定不能让老猴子小瞧了我。小猴子计上心头,它来到河边采了张大荷叶铺在竹篮里,打了满满一篮子水。

当小猴子用竹篮子提着水回来,放在老猴子面前时,老猴子看得呆了,好一会儿才回过神儿来说:

"哎,谁说竹篮打水一场空?只要肯动脑筋,竹篮子也能打水啊!"

103

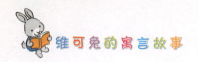

狐狸和羊

一只面部长满棕灰色条纹的羚羊,在山林里遇见了一只狐狸。羚羊小心地和它打招呼。

"羚羊老弟,多日不见,你的脸怎么长出条纹,变得这样难看?"狐狸说。

"我生来就是这副模样!"羚羊说。但狐狸却说它小时候长得很漂亮。羚羊听了以后,叹了口气。

"只要相信我,我可以使你恢复原来美丽的面容。"狐狸随便说着。

"那好,我听你的。"羚羊激动地同意了。

狐狸就让羚羊把犄角锯下来。羚羊还真的这么照做了,把犄角给了狐狸。

狐狸让羚羊到河边,把头伸进河水里,说这样很快就能变得美丽动人。可是羚羊刚这么做,就被狐狸推进了河里。

机智的公鸡

狐狸抓住了母鸡,送给了虎王。母鸡流着眼泪说:
"尊贵的大王,我这样一只小鸡,真不配您享用。"

虎王想了想,说:

"好吧,这次放了你。不过你不能再让狐狸抓住了。"

过了几天,有一只公鸡也让狐狸抓住了,也被送给了虎王。

虎王看着公鸡,大声问:

"你是上次狐狸抓到的那只鸡吗?"

"我是第一次来这里。"公鸡说。

虎王不高兴地站起来:

"你再说一遍。"

"大王，我是第一次来这里，上次是母鸡来这里，托您的福放了它。"

"那只母鸡好吗?"虎王问它。

"那只母鸡已经被狐狸吃了。"公鸡巧妙地回答。

虎王一听这话，大吼着扑向狐狸。

狐狸忙申辩道:

"公鸡说的是假话啊！"

趁着狐狸挣扎时，公鸡悄悄地溜走了。

机灵的小山羊

有一只小山羊在羊圈外面玩，不巧被一只狼碰上了。这只狼要吃掉它。小山羊便恳求道：

"狼大哥，放了我吧！我求你耐心地等到秋天，现在我还太瘦啊！"

狼问：

"你叫什么名字？"

小山羊说：

"我叫机灵。"

到了秋天，狼找来了。它在羊圈外拼命地呼唤着小山羊的名字：

"喂，机灵！喂，小山羊！"

小山羊在圈里听到了狼的呼喊，回答道：

"狼大哥，我听到了！要是我不机灵，现在就不会躲进羊圈里来了。"

聪明的鸭子

有一只鸭子，在树林的河里游泳。游到傍晚，忙上了岸，朝村子走来。

鸭子走到半路上碰见一只狐狸。狐狸迅速扑上去按倒鸭子，两爪一收，张嘴就要吃。鸭子眼看就要被狐狸吃掉啦！在这紧急关头，鸭子却没有害怕，它望望村子，忽然想出个主意来，忙对狐狸说：

"你要吃掉我？"

"当然啦！"狐狸说。

"我问你，我没你跑得快是不是？"鸭子问道。

"对。"狐狸说。

"我遇上了你就逃不掉了是不是？"鸭子问。

"对。"狐狸说。

"我没你力气大是不是？"鸭子问。

"对。"狐狸说。

"反正我是逃不了啦，一定要被你吃掉，难道你还不放心吗？"鸭子说。

"当然放心啦！"狐狸肯定地说。

"既是这样，你先放开我，让我办完一件事情，然后再让你吃掉，你准会答应吧？"鸭子又说道。

"什么事，你说吧！"狐狸问道。

"我有一种本领——会学狐狸叫。我要是学起来，比真狐狸叫得还好听呢！"鸭子有些自豪地说。

但狐狸不相信，鸭子就说：

"不信你就把我放开，我学给你听听！"

"反正你也逃不掉的，我倒要听听。"狐狸不在乎地说。

鸭子被放开后，"嘎嘎"地叫着。狐狸听了，觉得一点也不像，就不由自主地叫起来。

但鸭子表示这根本不是狐狸的叫声，于是狐狸更大声地叫起来。

正当狐狸张嘴大叫的时候，从村子里窜出一只狗来。原来鸭子知道村边的人家里养着狗呢，狗的耳朵最灵，听见狐狸的叫声，准会跑来捉拿。狐狸最怕狗，一见狗追上来了，吓得不再叫了，也顾不得吃鸭子了，撒腿就逃命去了。

足智多谋的小灰兔

一天，狐狸看见一只灰兔在小溪边吃草，就一把抓住了它。正在狐狸乐滋滋地准备吃灰兔时，一只金钱豹猛地从树丛中钻出来，突然出现在狐狸面前。狐狸没办法，就讨好道：

"豹大哥，我特意抓了一只灰兔给您，请您收下。"

狐狸一边恭维金钱豹，一边想着金钱豹吃了灰兔，很可能又要吃自己，就准备开溜。

灰兔看出了狐狸的心思，就装出痛苦的样子，说：

"我刚才误吃了有剧毒的草，现在正难受呢！您快吃了我吧！"

一听这话，金钱豹赶紧把灰兔丢在一边，咬牙切齿地吼叫：

"这该死的狐狸，原来是想害我，我绝不放过它！"

说完金钱豹就追狐狸，灰兔乘机逃走了。

猴子和狐狸

　　森林里举行动物大会,要求每个动物都要准备节目,并要根据大家对它们表演的满意程度来推选森林之王。在这次集会上,猴子大显身手,大家对它表演的舞蹈非常满意,最后一致推选猴子做森林之王。

　　但有一个动物却对猴子做森林之王很不满、很嫉妒,那就是狡猾的狐狸。狐狸总想着怎样教训猴子一番,好让它知道自己的厉害和聪明。

　　过了几天,狐狸在一棵大树下面发现了一个捕兽夹子,夹子里夹着一块肉。狐狸的眼睛骨碌骨碌地转着,盘算一阵后,它的心里有了主意。

　　狐狸跑去对猴子说:

　　"大王、大王,我发现了一个宝物,想送给大王做贡品。不过我没

有本事得到宝物,您最好亲自去取,才能取回来呢。"

自从当上森林之王以后,猴子性情大变,早已经变得不可一世,目中无人,觉得自己什么都不怕,于是就让狐狸在前面带路。

到了那棵大树底下,狐狸指着捕兽夹子说:

"就是这个东西,你看上面还有肉呢!"

没等狐狸说完,猴子便轻率地跑上前去,结果被夹子夹住了。

当它斥责狐狸陷害它的时候,却听狐狸说道:

"你这笨蛋,没有一点儿头脑。凭你这点小小的本事,还想做森林之王吗?"

一只金凤凰

有一年粮食歉收，穷人毕老三为了生存只好将祖传的一张名画拿到当铺去典当，当铺掌柜趁机压低价钱，规定三个月就得赎回，三两银子到期要偿还十两。

古画赎期到了，但毕老三却无钱赎回古画，便想要把古画卖给当铺，可掌柜就是不要。毕老三只好长吁短叹。

毕老三的邻居是长工毕矮，一向以足智多谋享誉乡里。毕矮得知此事后，就想出一个办法，好给毕老三出口气。

于是，毕老三按照计策，拿着一个装着麻雀的小木匣又走进当铺，对掌柜说自己有个宝贝要当，但是要小心别弄丢了。掌柜的不以为然，说弄丢了就赔偿他。

掌柜的打开小木匣，还没看清，就有个东西飞了出去。毕老三顿着脚哭喊说自己的金凤凰飞走了，让掌柜赔偿。

毕矮这时走了进来，两人就争着把事情经过告诉毕矮。毕矮作证说，毕老三家的确有只金凤凰，是个宝贝。

掌柜的如哑巴吃黄连有苦说不出，最后只好按照毕矮的建议给毕老三做了赔偿。

醉酒的猴子

　　有一天，一群猴子在树林中玩耍，看到一个猎人走进树林。这些猴子就躲在叶子浓密的树枝上，偷偷地看着。这时，猎人感觉到有点口渴，就从背囊中拿出水壶喝水。就在猎人要将水壶放回背囊的瞬间，一只猴子眼疾手快地抓住树枝荡了过来，抢走了猎人的水壶。这群猴子也像猎人那样轮流地喝水。

　　第二天，这群猴子在树林中玩耍，又看到昨天的猎人挑了两桶"水"来到这片树林，坐在一棵大树底下，还盛了一碗喝，然后离开了树林。这群猴子高兴坏了，你争我

抢地喝起来。这时，昨天抢水壶的那只小猴子高声叫道：

"别喝了，这不是水!"

其他猴子都哈哈大笑，嘲笑它说：

"不是水是什么?你看它不是和水一样吗，也是无色、透明的。"

它们也不理会这只小猴子的话，不一会儿，两桶"水"就见底了。只见这群猴子一只只开始东倒西歪地倒在地上，原来桶里装的是酒。

这时，猎人拿着口袋来到树林中，除了那只小猴子外，其他的猴子都被猎人装走了。

做沙绳

从前，在弥辟腊这个国家里，有个聪明人叫召玛贺，他很受国王的器重，这引起了四个大臣的不满。

有一天，四个大臣商量好要捉弄召玛贺。他们一起来到王宫里劝国王出道难题考考召玛贺，如果他能解答出来，那么可以把他选进宫里，直接为国王服务。

国王一听这话，很感兴趣，就让他们出个难题。四个大臣出的主意是：命他用沙子做一根拴象的绳子，限期一周。

召玛贺接到国王的命令后，整天在家里睡大觉，什么也没干。到了第七天的清晨，四个大臣让召玛贺拿出沙子绳来。

"我马上就动手搓沙绳，但是请四位大人把沙子绳拿来给我做个样子，我保证搓出的沙子绳和你们要的一模一样。"召玛贺说。

四个大臣拿不出来沙子绳，只好灰溜溜回了王宫。国王听说后，把他们训斥了一顿，因为强迫别人做不可能做到的事情，这分明是陷害人。于是，国王将他们全部发配边疆，而把召玛贺召进了宫。

猎人与猴子

　　猴子是一种极聪明的动物，它们特别善于模仿人的动作。

　　在一个大森林里有许多猴子。一天，一大群猴子坐在叶子浓密的树枝上，偷偷地瞅着地上的猎人。猎人在草丛里不断地打滚，猴子们暗暗地你推我，我推你，窃窃私语：

　　"这个人的玩法可真不少，简直没完没了，你瞧他呀，一会儿鹞子翻身，一会儿又滚又爬，一会儿跌跌扑扑，一会儿又缩成一团……我们是如此的聪明，人类那点儿新鲜玩意儿，我们要学简直是易于反掌，干吗不试一试，来吧，亲爱的同胞们，我们来模仿一下。那个人大概玩得过瘾了，恐怕要走了，他一走，我们就开始模仿。"

　　过了一会儿，猎人果然走了，但他偷偷地留下了罗网。

117

"嗨,快来吧!"

猴子们嚷道,"别错过了机会,看谁模仿得最像,谁就做我们的大王。"猴子们争先恐后地从树上跳下来,一个筋斗就翻进了猎人布置的罗网里,它们在里面又跳又闹、唱歌跳舞,玩得特别开心。

当猴子们玩累了,想出去时,才发现它们被罗网包围住了。猴子们左冲右突,想冲出包围圈,却无济于事,罗网越收越紧,它们一个个束手就擒,被猎人装进了口袋里。

118

🌙⭐ 智 斗

在一个长满绿油油的青草的山坡上，有一只小山羊发现了一些蜂蜜。小山羊正准备捧着它回家去，突然被一阵呵斥声吓住。

小山羊抬头一看，面前正站着三个动物界著名的江洋大盗：凶神恶煞的狮子、阴险恶毒的豹子、长着长牙的狼。

小山羊为了活命，赶紧想出了一个智取的方法。它把自己刚刚捡到的蜂蜜分了一点儿送给狮子，并说：

"要是用一小块豹子皮包着吃，味道和营养会更好。"

于是狮子命令豹子给它撕下一点儿皮。狮子用豹子皮包着蜂蜜吃了，太好吃了，真有点儿上瘾了。于是还想吃，豹子一看这架势，撒腿就跑。狮子生气了，立即追赶豹子去了。

狼被刚才的一幕吓晕了，正在发呆呢。小山羊就对狼说：

"狼爷，本来你的皮更松脆，配合食品更加有口感。只是我想来想去还是先用豹子皮，这才保全你狼爷的命啊。"狼一听，生怕狮子回来撕自己的皮，吓得急忙逃命去了。趁这工夫，小山羊拼命往家跑去。

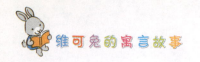 猴子捞皮球

淘气的小猴子捡到一只皮球，觉得很好玩，就又蹦又跳地拍皮球，结果皮球蹦到了不远处一个小口大肚的罐子里。

这可怎么办呢？如何取出这个皮球呢？小猴子在罐子旁边转来转去，可怎么也拿不出来。它想放弃，可是这个皮球真是太好玩了，真是舍不得。小猴子挠挠头、望望天空，还是想不出来什么好办法。

这时候，天空飞过来一群乌鸦。它们"呱呱"的叫声让猴子想

起了"乌鸦喝水"的故事,乌鸦够不着瓶子里的水,就不断地往瓶子里投石头,使水涨了起来,乌鸦也就喝到水了。

想到这里,猴子的心里有了主意:

我为什么不往罐子里灌点水让皮球漂起来呢?

猴子四处看了看,终于发现不远处有一盆水。它使劲儿地端起了盆子,小心翼翼地走着,生怕把水洒了出来。果然,当它把盆子里的水倒进罐子里后,皮球就浮到了罐子口上,猴子轻松地拿到了皮球。顿时,周围一片叫好声。原来它的小伙伴们都看见了这一幕,都为它的聪明而喝彩。

于是,小猴子开心地和伙伴们玩起了皮球。

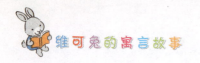

 狼与羊

有一只狼在山路上遇见到了一只羊,就说自己要吃了羊。

"狼先生,你想吃了我,可我要提醒的是:我不是一只软弱的羊,我足以战胜一头牛!"

狼不相信,就找来一头公牛与羊搏斗。狼把羊和公牛关在同一间石屋里,自己则坐在门口等候。

随着屋内声音逐渐变弱,狼狂笑着,打开了石屋的门。

然而,从石屋里昂首阔步走出来的,却是那只矮小瘦弱的羊。而那头公牛,则躺在地上喘着粗气,它的犄角已经断了,满头鲜血淋淋,连站起来的力气都没有。

公牛说是自己的暴怒和羊的灵敏躲避使它受了重伤。狼觉得羊太狡猾了,就出门去找羊,但羊已跑得无影无踪了。

狐狸智斗老虎

老虎是山林大王，小动物们都怕它。但狐狸却说："我想到大王那儿去'借'点儿肉吃，我的库存不多了。"小动物们都以为它在吹牛。

狐狸可不是吹牛，它真到老虎家去了。

"为了宣扬大王虎威，我们动物电影制片厂准备为您拍个故事片……"狐狸到了老虎家，对老虎说。

"哦?"老虎来了兴趣，它还从来没有在银幕上露过脸呢。"故事情节如何?"它问。

"回陛下，情节是这样的：上帝把大王缚在椅子上，然后命令天神来惩罚您。可天神哪儿是大王您的对手呢?您挣脱绳索，打败了天神，从而证明您是仅次于上帝的动物！"

"嗯，不错。"老虎是信上帝的，他认为受上帝之缚并不是耻辱。

这天，狐狸抬着一架摄影机来了。它把老虎缚在椅子上，"大王暂时委屈一下，上帝不愿上银幕，委托小民代劳。"

老虎当然没话说。

缚定老虎，狐狸说：

"现在我来演天神，对不起，天神先要向你'借'点儿肉。"

说完，它就打开老虎的食品柜，将好吃的尽数拿走。

老虎感到事情不妙：剧情怎么变了呢？于是，它用力要挣脱绳索。但是绳子绑得很紧，它挣不脱。

"哎呀，你真没用。现在剧情只好一改再改了，天神不惩罚你了，它带着许多好吃的回天庭复命。"说罢，狐狸夹着食品，扛起摄影机溜了。

"怎么样？我从老虎那儿'借'回肉了！"

小动物们很奇怪：狐狸难道真斗得过老虎吗？

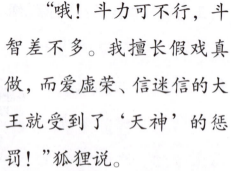

"哦！斗力可不行，斗智差不多。我擅长假戏真做，而爱虚荣、信迷信的大王就受到了'天神'的惩罚！"狐狸说。

联合制狼

一只羚羊屡屡遭到一只名叫沃夫的恶狼的追捕，它必须想办法摆脱这一困境。后来，它得知沃夫曾偷吃过一头刚生下的牛犊，拖走过骏马家族中的小马驹。

于是，羚羊找到强壮的骏马和长着尖利长角的牛，和它们商量准备杀死恶狼。

羚羊说：“马兄，你要藏在这棵树后，等我把狼引来，你就把它踢到土坡下。牛哥，你埋伏到土坡下，等沃夫滚下去，你就用长角把它抵死。”牛马都同意了羚羊的安排。

于是，羚羊假装毫无戒备地走在沃夫常出没的地方。沃夫不知是计，前来追杀，最终被羚羊、牛和马联合杀死。

狐狸和喜鹊

　　有一天，一只狐狸在森林里逛来逛去，它肚子饿极了，想找点吃的，却什么也没有碰到。狐狸来到一棵大树底下，树上的喜鹊吵吵闹闹的，显得好不快活。

　　喜鹊的活动引起了狐狸的注意，它躲在草丛里，偷偷地进行观察。它发现这些鸟儿胆子很大，常常飞到树下来找食物，有时连动物的尸体也要啄上几口。

　　狡猾的狐狸眼睛一转，心里盘算着：

"让我来碰碰运气吧!"

于是狐狸走到大树边躺了下来,脚爪僵直着,嘴巴张得大大的,装得像真的死了一样。

树上的喜鹊发现了这只"死"狐狸,喜出望外,纷纷飞了下来。

一只小喜鹊特别好奇,它一跳一跳地来到这个皮毛火红的"尸体"面前,仔仔细细地观察了一番。

它看到狐狸的眼睛是闭着的,脚爪僵直,嘴巴又大张着,断定这是一只死狐狸。它又听说过,狐狸的舌头又嫩又脆,是最好吃的。于是它不假思索地就将自己的脑袋伸进了狐狸的嘴巴里去了。

谁知它还没有找到舌头,就像触到了捕鸟的铁夹似的,被装死的狐狸紧紧地咬住了。结果,这只喜鹊不仅没有吃到狐狸的舌头,反而成了狐狸口中的美味。

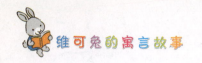

群鱼斗渔网

渔夫的篮子里装满了各种各样的鱼,有鲤鱼、鳗鱼、狗鱼、冬穴鱼……这些鱼都是渔夫用那张大渔网捕捞的。凡是被打捞到的鱼,最后都成为人们的盘中餐。这种凄惨的日子,使鱼儿们都感到胆战心惊。

有一天,鱼群聚集在一块大木头下面,召开紧急会议。

"冲破渔网!"狗鱼大声地发出了宣告,它的意见也得到了与会者的一致赞同。

鲤鱼见多识广、身手矫健,因此大家一致推举它担任这次行动的总指挥。当鳗鱼报告说渔网已撒在下游河道后,鲤鱼率领着鱼群,浩浩荡荡,像一支大舰队似的向战区挺进。

愤怒的鱼群展开了进攻。它们兵分两路,有的从河底拱起渔网,有的摸清了网绳的来龙去脉。河里像开了锅似的热闹。鱼群用尖利的牙齿咬住渔网,用力地甩动尾巴和鱼鳍,向四处撕扯,不久,渔网就成了无数的碎片。

河岸上的渔夫急得直搔头,好长时间都弄不明白渔网是怎么消失的。

有心计的小皇帝

有一个小皇帝,登基时只有 13 岁,因为年纪小,大臣们没把他放在眼里,认为这么大的国家,被一个乳臭未干的毛孩子统治,实在是个笑话。小皇帝暗暗发誓:总有一天让你们服了我!

有一天,小皇帝在大臣和侍卫的簇拥下,到皇宫的花园中散步。大家正在行走间,忽然看到树上的青梅结了很多果实,青翠欲滴。小皇帝马上被吸引住了,他走到树下,信手摘下一颗青梅正想放到嘴里尝尝。这时一个内侍跑过来,对皇帝说:

"陛下,这青梅还没熟透,吃到嘴里会很酸。不过我倒有一个办法,会让您吃起来觉得很甜。"

小皇帝好奇地问:

"什么办法? 说出来,大家一起试试。"

内侍回答:

"把青梅用蜂蜜拌了再吃就会又酸又甜,很好吃。"

"那好,你快去库里把蜂蜜拿来。"皇帝吩咐道。

不一会儿,内侍端来了蜂蜜,迅速拌好了青梅。

小皇帝接过正要品尝,忽然发现蜂蜜里有一粒老鼠屎。这可把内侍吓坏了,他慌忙说道:

"不关我的事呀,陛下!肯定是库房主管失职,致使库房闹了鼠害,我这就把库房主管叫来,听您发落。"

但细心的小皇帝却用手掰开鼠粪,仔细端详后,厉声斥问内侍,让他从实招来。

内侍听后吓得"扑通"一声,跪倒在地,讲出了实情。

当卫兵带走了内侍后,大臣们都凑了过来,想知道小皇帝是如何得知此事另有蹊跷的。

小皇帝说道:"假如库房闹了鼠害,那么这么小的鼠粪就会被蜜浸透,内外都很湿软,而这粒鼠粪外边湿了,里面却是干的,说明是刚刚放进去的,而去取蜜的只有内侍一个人,那么除了他,还会是谁呢?"

大臣们听后,个个对这个小皇帝心悦诚服,从此尽心尽力协助他治理国家。

渔夫和金鱼

一个很有经验的渔夫，有一天钓鱼的时候发现了一条非常漂亮的金鱼。他非常想把这条金鱼弄到手，于是，就在鱼钩上装上鲜美的鱼饵，抛到了湖里。

过了一会儿，鱼竿颤动了，金鱼上钩了。他耐心地等待着，直到鱼竿突然坠下去的时候，他猛然收起了钓竿，可是，鱼饵不见了，金鱼也没钓上来。渔夫感觉到自己遇上了对手，就没有继续再钓下去。

渔夫晚上做了一个新鱼钩。第二天他拿着新鱼钩来到了湖边。与上次不同的是，他今天的鱼钩只是一根钢针，没有钩。他装上精美的鱼饵又抛了下去。灵巧的金鱼今天又美餐了一顿。

金鱼每天都来和渔夫玩这样的游戏，渔夫好像没有在意这些，就这样过了几天。直到有一天，金鱼看到渔夫又把鲜美的鱼饵抛了下来，没有任何考虑便迫不及待地咬了上去，但它忽然感到一阵钻心的疼痛，原来渔夫已把钢针换成了原来的鱼钩，并且钩子更加锋利、尖锐。

小老鼠斗猫

一群老鼠因深受猫的袭扰，感到十分苦恼。于是，它们在一起开会，商量用什么办法对付猫的骚扰，以求平安。

会上，老鼠们各有各的主张，但都被否决了。最后一只小老鼠站起来提议，它说在猫的脖子上挂个铃铛，只要听到铃铛一响，就知道猫来了，便可马上逃跑。大家对它的建议报以热烈的掌声，并一致通过。

有一只年长的老鼠坐在一旁，始终一声没吭。这时，它站起来说：

"小老鼠想出的这个办法是非常绝妙的，也是十分稳妥的；但还有一个小问题需要解决，那

就是：派谁去把铃铛挂在猫的脖子上呢?"

年长老鼠的问题一下子把大家难住了。老鼠们于是纷纷列举了小老鼠的提议不能实行的理由，但小老鼠还是勇敢地站起来,说:

"为什么我们不找能实行的理由呢?"

众老鼠静了下来,冥思苦想之后,还是小老鼠想出了一个可以实行的计策:

"我们可以偷一块腊肉和一片安眠药,将安眠药塞进腊肉中，趁猫外出时将腊肉放在猫窝里。只要猫吃了有安眠药的腊肉,我们就可以把铃铛挂在猫的脖子上。"

"告诉猫,它若戴上铃铛会很帅。"大家说。

最后,老鼠们通过讨论,一致同意小老鼠让猫吃完安眠药的方案,并且成功地做到了。

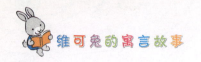

会外语的老鼠

在一个漆黑的晚上,老鼠妈妈带领着小老鼠出外觅食,在一家人的厨房里,垃圾桶内有很多剩余的饭菜,这对于老鼠来说,就好像人类发现了宝藏。

正当一大群老鼠吃得津津有味之际,突然传来了一阵令它们肝胆俱裂的声音,那是一只大花猫的叫声。它们震惊之余,便各自四处逃命,但大花猫绝不留情,穷追不舍,终于有两只小老鼠躲避不及,被大花猫捉到。

正当猫要吃小老鼠之际,突然传来一连串凶恶的犬吠声,令大花猫手足无措,狼狈逃命。

大花猫走后,老鼠妈妈从垃圾桶后面走出来说:

"我早就对你们说,多学一种语言有利无害,这次我就因此救了你们一命。"

学会掌握
特殊本领。

羊妈妈教子

一天,羊妈妈准备外出,临出门时,母羊叮嘱小羊们:

"我出门的时候,家里就剩你们自己了,所以,你们要提高警惕,无论是谁来家门口,你们都不要开门。如果是我回来了,我会说一个暗号,暗号是'狼和它的伙伴见鬼去吧'。并且你们还要看一看来人的蹄子。"

母羊说这话时,狼正好经过山羊的家门口。它听到了这句话,心里高兴极了,转身就跑了。

狼心里想明天就有一顿美餐了。可是狼太着急了,后边那一句话它没听到就跑了。

小山羊齐声说:"我们听明白了,请妈妈放心吧。"

母山羊走了。

母山羊一走,老狼就来了。它敲着山羊

的家门,捏着嗓子说:

"快开门吧,我是你们家里的客人。"

小羊在屋里听见有敲门声,齐声问:

"你给我们说一说暗号。"

老狼说:

"狼和它的伙伴见鬼去吧。"

小山羊听了暗号后,又低着头从门缝底下往外瞧,啊哈,来客是灰爪子。小山羊知道是老狼,当然不会开门了。

老鼠与牛

生肖大赛开始了，比赛规则是谁先到达生肖大门谁就排第一，老鼠和牛都参加了。

老牛身强力壮，跑起来特别快，不一会儿就跑到很远的地方去了。老鼠身体比较小，很快就成了参赛队员里的最后一个。老鼠看到前面健步如飞的牛，想到自己无论怎么样加快速度都不可能最先一个到达终点，不禁伤心起来。

突然间老鼠想到了一个办法，趁着老牛休息的时候加快速度跑到牛身边对它说：

"牛大哥，您跑得这么快，冠军一定是属于你的了，看我，怎么跑都是倒数第一了。我知道您是个好人，您就让我骑在您背上吧，这样到了终点您是第一，也可以给我一个第二啊，这样我就感激不尽了。"

老牛听完老鼠说的话，也觉得有理，反正第一都是自己的，就当是做件好事，或许还能得到玉帝的奖赏呢，就答应了老鼠的要求。快到终点的时候，老鼠看到终点线就在眼前，使出浑身力气从牛背上跳下来，第一个冲到了终点。

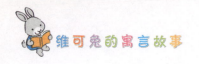

热水鱼

　　热水鱼真是一种奇怪的鱼，它在零上五十多度的热泉里，生活得非常自在，如果放到一般的江湖中，反而会被冻僵。

　　有一条热水鱼，不知怎么游进了一个水池。在那里，由于水温太低，它的血液越流越慢。

　　当它那快要冻僵的身体在水面上不由自主地漂来漂去的时候，一只白鹭飞来了，惊喜地叫着：

　　"好一顿现成的美餐。"

　　热水鱼看到这个食鱼大王，故作镇静地说：

　　"白鹭先生啊！谁都晓得你是鸟中最高雅的先生，难道你不知道吞食又腥又脏的生鱼是一种最粗俗、最野蛮的吃法吗？这样会有失你的身份呀！"

　　"那你说我该怎么吃你才不失身份呢？"白鹭问道。

"你看，高贵的人不都是把食物烧熟后再吃吗？你把我叨到热泉里烫熟后再吃，既鲜美又易消化，这才是一种最文明的吃法。"热水鱼带着侥幸的心理说。

白鹭点点头，说：

"也行。放到热泉中你肯定活不了，反正你也逃不掉。"

白鹭衔起热水鱼飞到热泉，把它扔了进去。

可令白鹭意想不到的是，热水鱼一进去马上精神起来。它一边吐水泡泡玩，一边嘲笑白鹭：

"高雅的先生，感谢你救了我的命。要是你不怕自己被烫死的话，那就请下来吃我吧。"

白鹭这时才明白了热水鱼的计谋，顿时气得目瞪口呆。

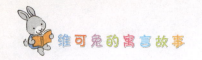

聪明的小松鼠

一只松鼠一不小心，从树枝上掉下来，正好落在树下正在睡觉的狮子身上。狮子被弄醒了，十分愤怒，它伸出前爪，一下子就把松鼠按在地上动弹不得。

松鼠吓得浑身哆嗦，恳求狮子饶命。

"我可以饶了你，但你得回答我一个问题。"狮子说。

松鼠连连点头答应了。

狮子说：

"那好，你听着，我想知道为什么你们这种小家伙整天快快乐乐，而我的每一天都让人讨厌呢？"

松鼠听后，眨了眨眼睛说：

"我讲答案的时候要站在高处才行，请你放我上树。"

狮子松开前爪，松鼠一下子就上到树上，然后对狮子说：

"上帝给了我一颗善良的心，有这种心的动物每天都快乐；上帝给了你一颗恶毒的心，有这种心的家伙整天作恶、残害别人。这就是你每天都令人讨厌的原因。"

狮子被松鼠一顿羞辱，气得暴跳如雷，但却够不着松鼠。

鱼和钓鱼竿

有四个穷人得到一个善良的人的帮助：两篓鱼和两根钓鱼竿。当时这几个人已经饿得不得了了，他们商量着把好心人给的鱼和钓鱼竿分了。两个人得了鱼，另外两个人得了钓鱼竿。一个得了鱼的人赶紧找个地方烧火烤鱼吃，他狼吞虎咽地吃鱼，一篓鱼一下子吃了个精光，他又挨饿了，后来终于饿死了。

一个得了钓鱼竿的人，想赶紧钓到鱼，于是他马不停蹄地长途跋涉去寻找大海。由于他已好几天没吃东西了，最后一丝力气都没有了，他抱着钓鱼竿，也连累带饿地死在半路上。

另外两个得了

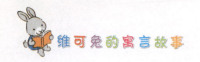

鱼和钓鱼竿的人做事比较爱动脑筋一些，他们两个商量着怎样利用这篓鱼和钓鱼竿解决温饱问题。他们两个每次节约着吃鱼，一起寻找大海，一路上互相搀扶，经过风餐露宿，最后终于到了海边，他们用钓鱼竿钓到了足以维持生计的鱼儿。经过几年的艰苦奋斗，节衣缩食和劳动，他们终于过上了衣食无忧的日子。

老乌龟的智谋

一只狡猾的狐狸欺负一只老乌龟，还叫了一群朋友：老鹰、豺狼、穿山甲、黄鼠狼……一齐对付它。

它们一起围攻老乌龟，老乌龟自知不是对手，只好把全身蜷缩进甲壳中。

当狐狸让穿山甲赶快穿通它的龟壳时，却被老乌龟的一番话吓得畏畏缩缩，不敢动手。

狐狸又让豺狼趁乌龟透气时一口咬断乌龟头，但老乌龟仍然很镇静，说自己可以三个月不喝水、三年不吃东西。

狐狸惊得目瞪口呆，又准备拿铁榔头敲打老乌龟。老乌龟大吃一惊，但它镇静地说，那是祖传的铁甲，怎样也敲不碎，铁榔头反而会被铁甲反弹过来，要了它们的性命。

狐狸多番恐吓，都被老乌龟的话给反驳了回去，最后它决定让老鹰把它叼起来，然后扔到大河里摔死。

"多谢老鹰大哥送我回家！狡猾的狐狸先生，劝你以后不要再卖弄聪明啦！"老乌龟掉到河里，等于回到了老家，它从水面上探出头来，哈哈大笑地说。

鱼鹰的下场

有一个人有一片鱼塘，每天都得靠这片鱼塘赚些钱来养活家人。可是鱼塘附近有好多鱼鹰，常常一群群地来抓鱼吃，赶不好赶，抓又抓不住，养鱼人为此很是发愁。

有一天，鱼鹰又来吃鱼，养鱼人跑过去冲着它们挥手，鱼鹰受惊跑了。养鱼人灵机一动，想出个好办法，他扎了一个稻草人，让它伸开双臂，穿着蓑衣，戴着斗笠，还拿着一根竹竿，好像一个养鱼人的样子。养鱼人把稻草人插在鱼塘里吓唬鱼鹰。起初，鱼鹰以为是真人，因此，只敢在草人的上空盘旋，一点都不敢接近它。

那几天，鱼鹰果然没再来吃鱼。可是渐渐地鱼鹰发现鱼塘里的人总是一动不动，就起了疑心，不断地大着胆子飞下来看，它们很快就发现这是假人，又飞下来啄鱼吃。鱼鹰吃了一条条的鱼，肚子吃饱了，就站在草人斗笠上，边晒太阳边休息，很是悠闲，还不时地发出叫声。

养鱼人盯着得意扬扬的鱼鹰，他决定另想一个办法。

趁着鱼鹰不在的时候，养鱼人悄悄地把草人从鱼塘里拔出来拿走，自己披上蓑衣，戴上斗笠，手里拿根竹竿，像草人一样伸开双臂站在鱼塘里面。

过了一会儿，鱼鹰又来了，又放心大胆地下来吃鱼。吃得饱饱的鱼鹰又飞到养鱼人的斗笠上休息。养鱼人趁它不注意，一伸手就抓住了鱼鹰的爪子，鱼鹰使劲儿地鼓动翅膀，可是怎么也挣不脱。

养鱼人笑哈哈地说：

"原先是假的，可是这一回是真的啊！"

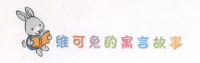

愚蠢的狼

有一头毛驴,由于瘦骨嶙峋而被主人赶出了家门。当它刚来到郊外,就被一只大灰狼盯上了。就在大灰狼要扑上来时,毛驴低着头,非常谦逊地说:

"我实在太瘦了,身上除了骨头就是皮,还是请狼老爷等到明年夏天,我吃些青草,肉肥了,油厚了,您再来吃我。"

大灰狼一听这话,觉得有几分道理。可这次饶了它,要是它跑了怎么办呢?

为了让大灰狼放心,毛驴主动先后地找到一只兔子、一头野猪来替它做证人。于是,狼和毛驴约定明年夏天在老地方见面。

第二年夏天很快就来到了。毛驴经过足够的休息,吃了丰盛的青草,养好了伤,膘肥体壮,浑身都有使不完的劲儿。这天,大灰狼按约定的日期来吃驴肉。正当它扑向毛驴时,只见毛驴一个急转身,两个后蹄正好踢在大灰狼的脸上,大灰狼顿时满脸开花。

经过一场生死搏斗,大灰狼终于死在毛驴的蹄子下。

猫的智慧

一只老鹰飞到一棵大橡树上筑起了巢。一只猫跑到这棵树的树干上找到一个树洞，在那里生下小猫。一只母野猪带着小野猪住在这棵树树根的洞里。

猫想独占这个地方,便先爬到老鹰巢边说:

"你们真不幸啊!你不妨看看,那树下的野猪天天挖土,想把这棵树连根拔掉。树一倒下, 它就可以轻而易举地把我们的孩子抓去,喂给它的孩子吃。"

这话让老鹰心惊胆战,惊惶失措。

然后,猫又爬下树来,来到野猪洞里说:

"你的孩子们非常危险,只要你出去为小猪找食,树上的老鹰就会把它们叼了去。"

猫狠狠地吓唬了野猪一番后，假装自己也很害怕，躲进了它的树洞。到了晚上，它偷偷地跑出去为自己和孩子寻找食物。白天，它仍装出一副恐惧的样子，整天躲在洞口守望着。

于是，老鹰害怕野猪，静静地坐在枝头，不敢乱走；野猪也害怕老鹰，不敢走出洞来。这样，老鹰和野猪以及它们的孩子都饿死了。猫和它的孩子便把老鹰和野猪作为自己的食物了。

小飞蛾与蜘蛛

蜘蛛在墙角织了一张网,捉住了一只小飞蛾。

生死攸关之际,小飞蛾急中生智:"蜘蛛老兄,既然你有织网的本领,为什么不去捉鱼吃呢?"

"什么?捉鱼?"蜘蛛的小眼睛一下子瞪得溜圆。

"对呀!捉鱼的那玩意儿也叫网。不过,那网歪七扭八,和您这巧夺天工的网一比,差远了!"

"真的?"

"我怎么敢骗您呢?您要是到水边织一张网,准能捉到最鲜美的鱼吃。"

"那好,我这就去水边织网!捉大鱼吃去!"

蜘蛛放了小飞蛾,跑到水边贴着水面织了张网。

不幸的是,它没有捉到鱼,一个巨浪打来,那张网被打了个大窟窿。蜘蛛掉到水里,差点儿淹死。从此以后,蜘蛛学聪明了:它再也不在河面上结网了。

 小老鼠运鸡蛋

一天晚上，两只老鼠走出洞外觅食。它们来到一个仓库，发现了一只蛋。这只蛋很大，足够老鼠美美吃一顿的。

两只老鼠围着蛋转了一圈又一圈，为它们的发现高兴万分。

突然一只老鼠脸色发白，大叫了一声：

"不好了，前面有一只狐狸过来了。"

另一只老鼠抬头一看，果然看见狐狸朝这边走来。狐狸的动作很快，只需一会儿，就会到达这里。

两只老鼠使出全身的劲儿推这只蛋。可是，路上坑坑洼洼，这样推下去，蛋准会摔碎的。

一只老鼠着急得快要哭了。它说：

"老天爷对咱真不公平，好不容易看到了一只蛋，这下可好，一点儿也吃不着。"

另一只老鼠也急得浑身是汗。它看了看远处的狐狸，又看了看高低不平的路，忽然它有了一个主意。它躺在地上，抱着蛋，对同伴说：

"你赶紧拉紧我的尾巴，使劲往洞里拖。快拖呀，别慢了。"

那一只老鼠明白了它的意思，赶紧抓住同伴的尾巴，死命往回拖。经过一番拼命的拖拉，鸡蛋和老鼠，全部安然无恙地回到了洞里。

两只老鼠欣喜若狂，美美地饱餐了一顿，并说只要肯动脑筋就没有解决不了的问题。

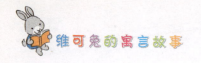 阿丽娅斗巫婆

有一个小姑娘名叫阿丽娅,美丽又聪明。有一天,她同四位小朋友在森林里玩时迷路了,结果,闯入一个巫婆的房间。巫婆拿出一些蛋糕给她们吃。在阿丽娅的示意下,小朋友们都不吃。这让巫婆感到很奇怪。

"我们要到河边去打点儿水喝才能吃得下这些蛋糕。"阿丽娅说。但老太婆坚决不同意,表示要自己去打水。阿丽娅为了让她放心,就主动要求把她们绑在屋子里。

于是巫婆就用绳子把这几个小孩捆起来。虽然如此,阿丽娅和小伙伴们还是趁机逃走了。巫婆回来后,发现小女孩们都跑了,马上就念起了咒语:

"在她们面前立即出现一条大河,里面还有一条鳄鱼。"

果然,她的咒语应验了。阿丽娅对鳄鱼说,只要将五人送过去,就可以吃掉第六个人。

当大鳄鱼要将第五个小女孩送过去时,巫婆紧追在小女孩后边跑了过来,正好被大鳄鱼一口吃掉了。

画 师

　　乌鸦、山鸡和松鼠三个画师给狮子画像。乌鸦先来画，它想，狮子骄傲凶残，必须画好它的威武外貌才行。画好后，狮子却认为它画的不是威武的狮子，而是残暴的怪物！就让它站在一边，准备一会儿吃掉它。

　　该山鸡作画了，它想，狮子不愿让人画它凶猛残暴的外貌，那就把它尽量画得温和善良。画好后，狮子却认为它画的不是狮子，而是懦弱的绵羊，并说等会儿再吃掉它。

　　该松鼠作画了，它见狮子不讲道理，就想好了一个主意。它先画了狮子雄壮的外貌，然后又画它既威严又和善的神态。狮子见了松鼠画的像，高兴地说：

　　"这才是狮子的画像！松鼠，我要奖赏你。"

153

　　"先生,我不要你的奖赏。只要你将乌鸦和山鸡放了就行。"松鼠说。

　　"为什么?"狮子不解地问。

　　"因为没有前两张画,我就画不出这第三张。"狮子见松鼠说得有理,只好将乌鸦和山鸡放了。

公牛下小牛

　　从前，有一个勐密国，这个国有一个智者，人们都说世上没有这个人解决不了的难题。为了验证这个智者究竟有多少智慧，国王派大臣把一头又大又肥的公黄牛交给摩约城的富商们饲养，说这头牛再有三天就要下小牛了，如果三天之内下不出小牛，就要用鞭子惩罚富商。

　　富商们就去找智者，智者说自己有办法对付国王。

　　到了第三天，在智者的叮咛下，智者的朋友来到王宫前。当国王质问智者的朋友为何来迟时，智者的朋友说他从水路来，看见火烧沙滩，只好绕道从森林里来，又碰见公象下小象，又吼又叫，只好再绕道，所以来晚了。

　　"岂有此理，沙滩怎么会着火？公象怎么能生小象呢！"国王大发雷霆。

　　"陛下，既然沙滩不会着火，公象不会下小象，那么富商养的公黄牛又怎能下小牛呢？"智者的朋友说。

　　国王听后十分满意。当他得知这个办法是智者想出来的，这才相信智者果然名不虚传。

牡蛎的智商

有一个渔夫将捕捉到的海鲜熟练地扔进大篓子里，高兴地回家了。在渔夫家，篓子的一只牡蛎说：

"哎，我真害怕，在这儿我们都得死，真没有办法呀！"

这时，一只老鼠从旁边经过。这只老鼠对自己的健康十分满意。牡蛎准备利用这从天而降的唯一机会逃掉。

"老鼠，请您听着。您的心肠这么好，肯定能把我带到海边去吧？"

老鼠看到牡蛎又漂亮又肥大，就答应了。

其实，它已经决定要吃掉牡蛎。"不过，为了把你带到海边，你得把壳张开一点儿。你的壳紧闭着，我怎么带你走呀？"

"哦，听你的！"牡蛎同意了。但是，它十分警惕地半张半开，因为，牡蛎也不是傻瓜。

老鼠立刻伸过嘴巴就咬。尽管它的行动迅速，但牡蛎事先预料到了这一步，一下子夹住了老鼠的脑袋。

老鼠疼得吱吱叫。这叫声传到猫的耳朵里，猫立刻跑过来，捉住了老鼠。

辞 职

小李对好友兼同事的小王说：

"咱们公司太苛刻了，工资又低，活儿又累！我讨厌这个公司！打算辞职不干了。"

小王听了小李的话，说：

"辞职好呀！不过你现在要离开，还不是最好的时机。你应该找个机会报复公司！"

"为什么呀？"小李问道

"如果你现在走了，公司也没啥损失。但如果你趁此机会，努力拉住一大批客户，到时候带着这些客户资源一起走，公司就会受到很大损失，这样就可以解恨了！"

小李觉得好友说得很有道理。于是他天天努力工作，起早贪黑，终于拥有了许多客户，待遇也有很大提高。

半年后，小王问小李什么时候辞职。小李笑道：

"我暂时不打算辞职了，因为公司准备让我当项目经理呢！"

小王也开心地笑了，因为这正是他的初衷。

简洁流畅的语言
组成一个个小故事
将智慧和美德等优秀品质
带给每一位读者